Michael Eickkorst

Lady Bedfort 110
Ärger im Revier

GREENSKULL ENTERTAINMENT
Inhaber: Dennis Rohling
Alte Straße 1
49176 Hilter am Teutoburger Wald
05409 9069180
www.greenskull-entertainment.de
kontakt@greenskull-entertainment.de

Lektorat: Dennis Rohling

1. Auflage
ISBN: 9781793923868

Kapitel 1

»Jetzt sag schon, Emily, was denkst du?«

Nick Chapman scharrte ungeduldig mit den Hufen, während er mit seiner Kollegin durch den Zoo ging.

»Das ist doch eine spannende Frage: Ist ein Zebra ein weißes Pferd mit schwarzen Streifen oder ein schwarzes Pferd mit weißen Streifen?«

Noch immer sagte Emily Redknapp nichts. Warum antwortete sie nicht? Sie war doch sonst nicht so stur.

»Emmy! Sind die Streifen weiß oder schwarz? Das… das ist philosophisch!«

Keine Antwort. Chapman sah ein, dass weiteres Insistieren keinen Sinn hatte. Emily wollte sich nicht auf sein Gedankenspiel einlassen. Schweigend gingen die beiden weiter zum *David-Attenborough-Haus*. Es war ein sonniger Morgen im März, und die Natur erwachte aus ihrem Winterschlaf. Der ältere Pfleger öffnete die Tür des Hauses und hielt sie seiner jungen Kollegin auf.

Im Haus warfen die beiden einen Blick auf die versammelten Dickhäuter. Die Nashörner standen friedlich in ihren Boxen, die Elefanten schliefen noch, und auch bei den Flusspferden schien alles in Ordnung zu sein. Nick Chapman öffnete nacheinander die Schieber der drei Innenanlagen. Zunächst die der Weibchen, dann die des Jungbullen Roger und schließlich die des alten

Bullen Kairo, des Anführers der Gruppe. Als alle Tiere auf der Außenanlage waren, schloss er die Schieber wieder. Wie jeden Morgen bereitete Emily das Futter in der Küche des Hauses vor, während Nick die Innenanlagen ausmistete. Er begann mit der Anlage der Weibchen.

Er konnte nicht behaupten, dass er diesen Teil der Arbeit liebte, aber er gehörte nun einmal dazu. Das war ihm bereits bei der Ausbildung zum Tierpfleger eingebläut worden: Im Zoo spielte man nicht nur mit den Tieren oder studierte ihr Verhalten, nein, der wesentliche Anteil der Arbeit bestand darin, ihre Anlagen in Schuss zu halten und ihren Kot zu entfernen. Wer dazu nicht bereit war, hatte in dem Job nichts verloren. Nick Chapman war dazu bereit gewesen. Er hatte zuvor ein freiwilliges Jahr in der Altenpflege verbracht und war es gewohnt, mit Exkrementen zu hantieren. Und die Tiere beklagten sich nicht im Gegensatz zu den Alten, die ihn teilweise beschimpften, wenn sie ihn nachts aus dem Bett klingelten und er sie säubern musste. Dagegen hatte er im Zoo das große Los gezogen.

Er fand es immer wieder beeindruckend, wie viel Mist die Flusspferde hinterlassen konnten. Gerade die Weibchen. Diese Tiere durfte man nicht unterschätzen - in keinem Bereich. Als er fertig war, wechselte er auf die nächste Anlage, die des Jungbullen. Seufzend fegte er Rogers Kot zusammen, als er ein Geräusch in seinem Rücken hörte. Es klang nach Hufen, die sich auf Beton bewegten. Dann hörte er ein Schnauben. Er drehte sich vorsichtig um. Da stand er - Roger. Nur wenige Yards von ihm entfernt, mit ihm auf der Innenanlage.

Der Schieber, schoss es ihm durch den Kopf, *hab' ich etwa vergessen, den Schieber zu schließen?* Nun galt es, Ruhe zu bewahren. Chapman wusste, wie gefährlich Flusspferde sein konnten. Sie zählten zu den tödlichsten Tieren Afrikas, weil sie oft für harmloser gehalten wurden, als sie waren. Sie konnten eine hohe Geschwindigkeit erreichen und wogen häufig mehr als drei Tonnen. Einen direkten Kontakt überlebte man nicht, so viel war klar. Andererseits waren die Tiere friedlich, so lange sie sich nicht bedroht fühlten.

Chapman versuchte, sich so wenig wie möglich zu bewegen. Wie in Zeitlupe griff er nach dem Funkgerät an seinem Gürtel, während ihn der Bulle fixierte. Er führte das Gerät zum Mund und funkte seine Kollegin in der Futterküche an. Doch Emily reagierte nicht. Warum reagierte sie nicht? Er wählte einen anderen Kanal und meldete sich am Eingang des Zoos. Endlich kam eine Antwort. In kurzen Worten schilderte er seine Lage. Die Kassiererin versprach, umgehend Hilfe zu schicken.

Doch es war zu spät. Noch bevor Nick Chapman das Funkgerät wieder weg stecken konnte, setzte sich das Flusspferd in Bewegung. Das Tier lief direkt auf ihn zu, es war wild und aggressiv. Chapman wollte ausweichen, doch der Bulle erwischte ihn mit voller Wucht. Der Pfleger wurde durch die halbe Anlage geschleudert. Er schrie panisch um Hilfe, und endlich kam Emily aus der Küche. Doch sie konnte nur machtlos mit ansehen, wie das gewaltige Tier wieder auf ihren Kollegen zu stürmte. Fürchterliche Schreie hallten durch das *Attenborough-Haus*.

Endlich kam Hilfe. Die Tierärztin und einige Männer stürmten in das Haus. Ihnen blieb keine Wahl. Sie mussten sofort eine Entscheidung treffen. Die Ärztin legte mit ihrem Gewehr auf Roger an und feuerte mehrere Schüsse auf den noch immer wild tobenden Bullen ab. Als er tot zusammenbrach und den Blick auf Nick Chapman freigab, erinnerte dieser nur noch entfernt an einen Menschen.Sein Leib war blutig und sein Schädel eine einzige breiige Masse. Der Pfleger war tot. An diesem Tag hatte eine wahre Tragödie im Zoo von Broughton stattgefunden. Und sie sollte nur der Anfang sein.

Kapitel 2

Ich war auf dem Weg in die Klinik. Im Rückspiegel betrachtete ich die Zwillinge, die friedlich schliefen. Ich freute mich, dass es ihnen gut ging. Und ich freute mich, dass Kali auf dem Weg der Besserung war, denn zwischenzeitlich hatte es alles andere als gut ausgesehen. Auch jetzt fiel es mir noch schwer zu akzeptieren, dass meine Frau fürs Erste in der Klinik bleiben musste.

Kali hatte nach der Geburt unserer Kinder einen Schlaganfall erlitten, von dem sie sich nun in der Reha-Klinik erholte. Sie war schon fast zwei Monate im *Camborne Redruth Community Hospital* und machte gute Fortschritte. Zum Glück hatte sie schon kurz nach dem Anfall wieder sprechen können und keine geistigen Schäden zurückbehalten, aber körperlich war sie in einem fürchterlichen Zustand gewesen. Sie hatte fast alles neu lernen müssen: Das Laufen, die Koordination ihrer Hände, ja praktisch jede Bewegung.

Sie hielt sich tapfer, doch ich wusste, wie sehr sie unter der Situation litt. Sie war immer ein Mensch gewesen, der eigenständig sein und niemandem Umstände bereiten wollte. Auf eigenen Beinen zu stehen war für sie das Wichtigste gewesen, seit sie mit 16 Jahren ihr Elternhaus verlassen und sich ihre erste Wohnung gesucht hatte. Sie hatte die Ausbildung zur Polizistin mit großer Disziplin durchgezogen und nur dann Hilfe in Anspruch genommen, wenn es gar nicht anders ging.

Das Revier in Marbles Cove mit einem weiteren Beamten teilen zu müssen, war für sie zunächst eine Horrorvorstellung gewesen, auch wenn sie Gomery mittlerweile nicht mehr missen wollte. Selbst in unserer Beziehung und Ehe fiel es ihr schwer, etwas abzugeben und sich von mir bedienen und helfen zu lassen. Und nun war ihr der Boden unter den Füßen weggezogen worden, und sie war vollkommen von anderen abhängig.

Das Allerschlimmste war jedoch, dass sie so wenig Kontakt zu ihren Kindern hatte. Ich besuchte sie so oft es ging mit Albert und Lily, aber sie litt darunter, dass sie so schwach war und kaum etwas für sie tun konnte. Sie konnte sie nicht stillen, nicht ihre Windeln wechseln und sie nur mit Mühe in den Arm nehmen und trösten. Und es brach ihr jedes Mal das Herz, wenn wir abends wieder zurück nach Marbles Cove fuhren und sie alleine in der Klinik zurückbleiben musste. Natürlich war es das Beste für sie, aber es war eben auch eine schlimme Folter.

Ich versuchte, neben meinen Vaterpflichten auch Kalis Part so gut es ging zu übernehmen und wurde dabei von Clara und Jill unterstützt. Die beiden gaben sich alle Mühe, ebenso Kalis beste Freundin Beverly, doch eine Mutter konnten sie natürlich nicht ersetzen. Immerhin würden die Kinder eine enge Bindung zu ihrem Vater haben, das konnten auch nicht alle von sich behaupten. Doch so sehr ich die Kinder liebte, so sehr vermisste ich auch Kali. Ich schlief keine Nacht mehr durch und wurde fast vollständig von den Kleinen in Beschlag genommen. Das war toll, aber auch unglaublich anstrengend. Ich hatte kaum noch Zeit für mich, und es fiel mir schwer zu entspannen. Ich muss gestehen, dass ich in dieser Zeit an so manchem Abend zur Flasche griff. Auch wenn ich normalerweise nur wenig Alkohol trank und er sich auch nicht so gut mit den Tabletten vertrug, die ich wegen meiner Angststörung nahm, war das manchmal die einzige Möglichkeit, um wirklich runterzukommen. Doch ich wusste, dass es nicht zur Gewohnheit werden durfte.

Als ich mit dem Kinderwagen die Klinik betrat, kam Kali uns bereits am Eingang entgegen. Sie umarmte mich zur Begrüßung, und wir küssten uns. Dann wandte sie sich Albert und Lily zu und gab auch den beiden jeweils ein Küsschen. Wir beschlossen, das gute Wetter zu nutzen und im Park spazieren zu gehen. Dort erzählten wir uns, was wir jeweils seit meinem letzten Besuch erlebt hatten. Viel war es nicht, denn ich fuhr ja jeden Tag zu ihr in die Klinik. Wir suchten uns eine Bank mit Blick auf den See und machten ein kleines Picknick. Es war ein harmonischer Moment an einem wunderschönen Morgen. Wir waren eine richtige Familie. Ich genoss den Augenblick, denn ich wusste aus der Erfahrung, dass ein solches Glück nie von Dauer war.

Kapitel 3

Während ich in der Klinik war, saß Clara in ihrem Sessel vor dem Kamin und blätterte in der Tagespost. Darin befand sich ein Brief aus Neuseeland, von einer Großnichte, der wir vor ein paar Jahren in einem Kriminalfall geholfen hatten. Cassandra Wilkins berichtete, dass sie die Firma ihres verstorbenen Mannes wieder auf Vordermann gebracht hatte und das Tourismusgeschäft blendend lief. *Endlich einmal gute Nachrichten,* dachte meine Mutter. Neben einigen Werbebriefen war auch eine Ansichtskarte in der Post. Sie stammte von Kalis Eltern, die zu Besuch in ihrer indischen Heimat gewesen waren. Sie waren schon seit einer Weile wieder in England, aber Clara wusste, dass die Post aus Indien immer sehr, sehr lange unterwegs war. Die Karte zeigte den Taj Mahal bei Nacht.

Als sie die Post beiseite gelegt hatte, hörte meine Mutter noch etwas Radio. Klassische Musik. Es lief die Matthäus-Passion in einer neuen Aufnahme. Es war Claras liebstes Werk von Johann Sebastian Bach, besonders der letzte Satz. Ihr Musikgenuss wurde unterbrochen, als nach einer Weile das Telefon klingelte. Sie drehte das Radio leiser und griff zum Hörer. »Bedfort?!«

»Guten Tag, Lady Bedfort. Hier spricht James Wise. Bestimmt erinnern Sie sich nicht mehr an mich, aber wir hatten vor ein paar Jahren miteinander zu tun.«

Es dauerte einen Moment, dann fiel ihr ein, woher sie den Namen kannte. Wise war der stellvertretende Direktor des Zoos von Broughton gewesen, als sie dort bei der Aufklärung des Mordes an dem Direktor Philip Hooper geholfen hatte. Sie hatte ihn als freundlichen und kompetenten Mann in Erinnerung. Jemand, mit dem man sich gut stellen wollte. Wise freute sich, dass sie sich an ihn erinnerte, musste sie allerdings in einem Punkt korrigieren.

»Ich habe Hoopers Nachfolge angetreten und bin jetzt selbst Zoodirektor. Das habe ich in gewisser Weise Ihnen zu verdanken. Wenn Sie den Fall nicht so schnell gelöst hätten, hätte mich die Angelegenheit gut und gerne den Job kosten können.«

»Dann freut es mich, dass es anders kam, Mister Wise. Wobei ich gestehen muss, dass ich Sie damals für kurze Zeit ebenfalls in Verdacht hatte.«

»Ich verstehe, Lady Bedfort. Aber das spielt keine Rolle. Ich habe die Zeit in guter Erinnerung behalten, zumal ich damals auch meinen Mann kennengelernt habe.« Direktor Wise hielt kurz inne und räusperte sich. »Sie haben es sicher noch nicht gehört, aber heute morgen hat es einen weiteren Todesfall in unserem Zoo gegeben.«

»Oh, nein. Wie schrecklich.«

»Einer unserer Pfleger wurde von einem Flusspferd angegriffen. Es hat ihn getötet.«

»Und Sie zweifeln daran, dass es wirklich das Tier war?«, meinte Clara nachdenklich.

»Wie? Nein, das steht fest. Es war mit Nick auf der Innenanlage und hat ihn attackiert. Warum, wissen wir noch nicht. Und vor allem fragen wir uns…«

»…wie das Tier auf die Anlage gekommen ist, richtig? Normalerweise sind Pfleger und Tier stets getrennt, nehme ich an.«

»Korrekt, Lady Bedfort. Alles andere ist viel zu gefährlich. Flusspferde werden seit Jahrzehnten in geschütztem Kontakt gehalten. Und ein erfahrener Mann wie Chapman weiß das genau und nimmt das sehr ernst.«

»Kann es sich um ein Versehen gehandelt haben? Einen Unfall?«

»Tja. Genau das ist die Frage. Ich bezweifle es und fürchte, dass mehr dahintersteckt. Und an der Stelle kommen Sie ins Spiel.«

»Ich?«

»Bitte, Lady Bedfort, kommen Sie nach Broughton und helfen Sie bei der Aufklärung mit. Wenn jemand die Wahrheit herausfinden kann, dann Sie.«

»Ihre Worte sind äußerst schmeichelhaft, Mister Wise. Aber denken Sie nicht, das ist Aufgabe der Polizei?«

Wise lachte auf. »Ja, sicher. Die hat sich ja damals schon so geschickt angestellt und ihre Arbeit so unglaublich gewissenhaft erledigt. Ach, und falls es Ihnen entgangen sein sollte: Das war sarkastisch gemeint. Die haben keine Spuren gesichert, den Tathergang nicht rekonstruiert und stattdessen wilde Verdächtigungen angestellt. Nein, nein, die Einzige, die damals einen guten Job gemacht hat, waren Sie. Und deshalb bitte ich Sie: Kommen Sie her und unterstützen Sie die Polizei. Bei meinem Glück schicken die sogar die selben Beamten wie damals.«

Clara dachte einen Moment nach. Sie konnte seine Beweggründe verstehen. Und sie war selbstverständlich auch neugierig. »Nun gut«, meinte sie schließlich, »ich helfe Ihnen. Es wird aber ein wenig dauern, bis ich nach Broughton kommen kann, denn mein Sohn ist unterwegs und kann mich zurzeit nicht fahren.«

»Ach, das ist gar kein Problem«, meinte James Wise erleichtert. »Wann Sie kommen, spielt keine Rolle. Nur kommen Sie! Bitte!«

Clara verabschiedete sich von dem Direktor und legte den Hörer auf. Es freute sie, dass sie damals einen so guten Eindruck hinterlassen hatte. Nicht immer waren die Beteiligten an einem von ihr gelösten Fall so dankbar. Sie fragte sich allerdings, was die Inspektoren von der Sache halten würden. Männer waren schnell gekränkt, wenn man ihnen ins Handwerk pfuschte, besonders Polizisten. Und normalerweise kam sie ja erst dann ins Spiel, wenn die beiden nicht mehr weiter wussten, und nicht von Beginn an. Sie würde es ihnen schonend beibringen müssen.

In diesem Augenblick klingelte es an der Tür. Sie stand auf und ging zum Eingang.

»Hallo, Lady Bedfort.« Vor der Tür stand Samuel Miller, der noch immer Kali auf dem Revier in Marbles Cove vertrat. Clara bat ihn ins Haus, doch er hatte anderes im Sinn. »Lady Bedfort, ich möchte Sie bitten, mich nach Broughton zu begleiten.«

»Nach Broughton? Wieso?«, fragte sie mit einer gewissen Vorahnung.

»Es hat einen Toten im Zoo gegeben. John und ich sollen den Fall untersuchen, und ich möchte, dass Sie uns assistieren.«

»Wirklich?«

»Ja, wirklich. Sie sind doch jetzt unsere Beraterin, und diesmal können wir Ihre Hilfe gut gebrauchen. Auch, weil… nun, Sie erinnern sich doch an den Fall mit den Wölfen, bei dem wir… also, wir haben uns nicht unbedingt mit Ruhm bekleckert. Vielleicht haben wir dort nicht den allerbesten Ruf.«

»Was?«, fragte Clara mit gespielter Überraschung. »Das kann ich mir gar nicht vorstellen.«

»Sehr freundlich, dass Sie das sagen. Aber ich möchte Sie dennoch bitten, gleich mit mir zu kommen, Lady Bedfort. Wenn

Sie von Anfang an involviert sind, ist es das Beste für alle Beteiligten.«

Clara wusste nicht, was sie sagen sollte. Sie war es nicht gewohnt, dass nun sogar die Polizei sie zum Ermitteln ermunterte. Beinahe vermisste sie die üblichen Widerstände, die sich normalerweise zu Beginn eines Falls auftaten. Natürlich dachte sie keine Sekunde daran, der Bitte nicht nachzukommen. Jetzt hatte sie ihre Fahrgelegenheit. Sie bat um ein paar Minuten Zeit, um sich frisch zu machen. Miller wartete im Wagen. Dann kam sie bestens gelaunt aus dem Haus, und die beiden fuhren los in Richtung Broughton. Sie konnte die Ermittlung kaum erwarten.

Kapitel 4

Es war ein seltsames Gefühl für Clara, gemeinsam mit Miller nach Broughton zu fahren. Beide hatten wichtige Episoden in der Stadt erlebt und verbanden mit ihr die verschiedensten Erinnerungen. Nicht nur positive. Bevor sie zum Zoo fuhren, bat meine Mutter Miller, dass sie noch kurz bei ihrem alten Haus am Moor vorbeischauen sollten. Er hatte keine Einwände.

Nachdem wir nach Marbles Cove gezogen waren, hatte das Haus eine Weile leer gestanden. Dann war Claras Bruder Allistair May auf die Idee gekommen, dort seine Zelte aufzuschlagen. Er hatte sie gar nicht erst um Erlaubnis gefragt, sondern sich einfach dort einquartiert. Ein schamloses Verhalten, das typisch für ihn war. Sie hatte sich allerdings auch nicht weiter bemüht, ihn von seinem Vorhaben abzubringen. Sie wusste, dass es wesentlich nervenschonender war, ihn erst einmal machen zu lassen. Außerdem hatte sie sich die neue Situation damit schöngeredet, dass es für das Haus besser wäre, wenn es jemand bewohnen würde, damit das Objekt gut in Stand wäre, wenn es einmal verkauft werden sollte. Zu diesem Schritt hatte sie sich nämlich erst recht nicht entschließen können. Immerhin hatte sie weite Teile ihres Lebens dort verbracht, und es war einst Mortimer Bedforts ganzer Stolz gewesen, den sie in Ehren halten wollte.

Als sie auf den Hof vor dem Haus einbogen, war sie bereits ein wenig beruhigt: Immerhin stand das Haus noch. Und es schien äußerlich in einem guten Zustand zu sein. Oder besser gesagt: In genau so schlechtem Zustand, wie sie es hinterlassen hatte. Der große Brand in dem Haus hatte bis heute sichtbare Spuren hinterlassen. Miller schluckte, als er die Brandspuren sah. Er hatte damals mehr verloren als nur ein paar Möbel und Vorhänge. Schweigend hielten sie auf dem Hof.

Clara stieg gerade aus dem Wagen aus, als jemand aus dem Haus kam.

»Jill? Bist du das?«, fragte sie die ihr Entgegenkommende verwirrt.

»Ja, sicher, siehst du doch.«

»Aber… was wolltest du hier?«

»Sex.«

Das Mädchen verzog keine Miene, aber meiner Mutter schwoll augenblicklich die Halsschlagader an. Nicht nur suchte ihre Mitbewohnerin ohne ihr Wissen ihren Bruder auf - nein, jetzt wurde sie auch noch frech. »Junge Dame, das ist kein Grund, patzig zu werden!«

»Ja, dann frag halt nicht.«

»Ernsthaft: Was machst du hier? Du weißt genau, dass Allistair kein guter Umgang ist. Schon gar nicht für so ein junges Ding wie dich.«

»Ach, die Leier…«

»Jill, ich mache mir nur Sorgen um dich. Ich muss dich doch beschützen.«

»Musst du nicht.« Das Mädchen verdrehte demonstrativ die Augen. »Und jetzt lass mich vorbei, ich will nach Hause.«

»Und wie?«

»Mit dem Zug. Oder darf ich den auch nicht alleine nehmen?«

»Nein, nein… ach, wir reden später weiter, ja?«

»Nicht, wenn ich's verhindern kann.«

Jill verließ das Grundstück mit verschränkten Armen und ging in Richtung Bahnhof. Clara sah ihr traurig nach. Sie war frustriert, wie schlecht sie die Situation gemeistert hatte. Miller wollte ihr Trost spenden, fand aber nicht die passenden Worte und stand einfach betroffen neben seinem Wagen.

»Na, was ist denn hier für eine Beerdigungsstimmung?«, hörten die beiden in diesem Moment eine Stimme aus dem Hauseingang. Der Stimme folgte ein Körper, der Allistair May gehörte. Der Mann trug einen Morgenmantel aus reiner Seide, der leicht geöffnet war. »Hängt der Haussegen etwa schief? Das täte mir aber Leid. Du, wenn ich vermitteln soll, Clara… ich kann ganz gut mit der Kleinen.«

»Gar nichts kannst du!« Der Anblick ihres Bruders hatte meine Mutter aus ihrer Lethargie befreit. Ihre Traurigkeit war verflogen und einer großen Wut gewichen. »Halt dich von Jill fern, hörst du? Sonst bekommst du es mit mir zu tun.«

»Oha, die Lady fährt die schweren Geschütze auf. Gnade…« Allistair hob die Arme, als ob er sich ergeben würde. Dann zog er ein Taschentuch mit seinen Initialen und schwenkte es wie eine weiße Fahne. »Aber wenn es dich beruhigt: Sie war freiwillig hier. Ich hab' sie nicht entführt. Zufrieden?«

»Nein. Das ist in gewisser Weise umso schlimmer. Aber deshalb bin ich nicht hier.«

»Sondern, um deinem kleinen Bruder auf die Finger zu schauen, was? Keine Sorge, Schwesterherz, dem Haus geht's gut. Komm ruhig rein und überzeug dich selbst davon.«

Obwohl seine Worte von beißendem Spott geprägt waren, hatten sie tatsächlich eine beruhigende Wirkung auf Clara. Sie bemerkte einmal mehr, wie sehr sie an dem Haus und dem Grundstück hing. Obwohl sie sich in Marbles Cove nach wie vor wohl fühlte, war ihr dieser Ort noch immer äußerst wichtig. Und so heimisch wie hier würde sie sich vielleicht niemals wieder irgendwo fühlen. Aber die Zeit in Broughton war vorbei. Sie hatte ein neues Leben, und an dem Haus hingen zu viele Erinnerungen. Tragödien, Lügen und Geheimnisse. Broughton war die Vergangenheit, Marbles Cove die Gegenwart und die Zukunft.

»Hört mal, ich wollte mir gerade was zu essen machen. Wenn ihr wollt, könnt ihr mit essen.«

»Oh, das ist aber nett«, meinte Miller.

»Gut erkannt, Inspektor. Und sagen wir mal so: Alleine essen ist immer so langweilig. Dann ist ja keiner da, der mir zuhört, Sie verstehen? Und der mich für meine Kochkunst lobt.«

Allistair lächelte, dann verschwand er wieder im Haus. Clara und Miller folgten ihm.

Kapitel 5

»Lady Bedfort, wie schön, dass Sie es einrichten konnten.«
Direktor Wise schien mehr als erfreut zu sein, als er meine
Mutter begrüßte. Er empfing sie und Miller bereits am Eingang
des Zoos und führte die beiden direkt zum *Attenborough-Haus*.
Dort herrschte ein reges Treiben. Die Spurensicherung sicherte
alle verwertbaren Indizien, die am Tatort zurückgeblieben
waren, während der Gerichtsmediziner Elmquist Fotos der
Leiche anfertigte. Bei ihm stand ein schlecht gelaunter Gomery,
dem deutlich anzusehen war, wie ungern er an diesen Ort
zurückgekehrt war. Er stöhnte reflexartig auf, als er Clara auf
sich zu kommen sah. Doch bevor er den bissigen Spruch, den er
schon auf den Lippen hatte, loswerden konnte, fiel ihm ein, dass
er und Miller meiner Mutter ja *Carte blanche* gegeben hatten, und
er verkniff sich jeden Kommentar.

»John, gibt es schon erste Ergebnisse?«, fragte Miller.

»Nein. Am Schieber zur Außenanlage befinden sich jede
Menge Fingerabdrücke. Vermutlich von jedem gottverdammten
Tierpfleger. Das hilft uns nicht weiter.«

»Und wie sieht es mit der Eingangstür aus?«, schaltete sich
Clara ein.

»Auch nicht besser, Lady Bedfort. Da gibt's natürlich noch viel
mehr Spuren. Und es ist auch niemand gewaltsam
eingedrungen. Das Haus war schon aufgeschlossen worden, als
der Tote und seine Kollegin es betraten.«

»Von wem?«

»Das kann ich erklären«, sagte Direktor Wise. »Der Nachtwächter macht morgens eine letzte Runde durch den Park und sieht nach, ob alles in Ordnung ist. Dabei schließt er auch die Häuser auf.«

»Gut. Oder besser gesagt: schlecht. Denn so kommen wir auch nicht weiter.« Gomery reckte und streckte sich, um gegen die Müdigkeit anzukämpfen. Er hatte in der Nacht nur wenig geschlafen. »Wie ich das sehe, hat irgendwer den Schieber geöffnet, während Chapman auf der Innenanlage war. Verdächtig sind seine Kollegin Emily Redknapp und potentiell auch alle anderen Mitarbeiter, die zu der Zeit bereits im Zoo waren. Bitte fertigen Sie uns diesbezüglich eine Liste an, Direktor.«

»Selbstverständlich, Inspektor.« Wise trug einen entsprechenden Vermerk in sein Mobiltelefon ein.

»Und mit dem Nachtwächter müssen wir auch noch reden. Wie ist sein Name?«

»Stuart Shackleton. Ich setze seinen Namen auf die Liste.«

»Es gibt noch eine weitere Möglichkeit«, meinte Clara. »Mister Chapman könnte den Schieber selbst geöffnet haben. Vielleicht wollte er Selbstmord begehen, indem er sich von dem Flusspferd töten ließ.«

»Eine interessante Idee«, meinte Miller.

Gomery hingegen war wie immer skeptisch. »*Suicide by Hippopotamus*? Ich weiß ja nicht. Da kann ich mir bessere Methoden vorstellen. Und nach allem, was die Zeugen erzählt haben, schien der Mann seinen Tod auch nicht gerade mit offenen Armen empfangen zu haben.«

»Vielleicht hatte er es sich anders vorgestellt und dann Skrupel bekommen, Inspektor. War er denn selbstmordgefährdet?«

»Nein, Lady Bedfort«, sagte der Zoodirektor. »Nick war ein lebensfroher Mensch, soweit ich das beurteilen kann. Keine Spur von Burn-out, keine Depression.«

»Er könnte eine unheilbare Krankheit gehabt haben.«

»Das werden wir natürlich überprüfen«, meinte Miller.

»Dennoch: Selbst wenn Nick sich hätte umbringen wollen, hätte er das niemals auf diese Art und Weise gemacht. Ihm musste doch klar sein, dass er damit auch Rogers Schicksal besiegelt hatte. Und dafür hing er viel zu sehr an den Tieren. Er hätte nie etwas getan, was ihnen geschadet hätte.«

»Und das bringt mich zu einer weiteren Frage«, meinte Clara nachdenklich. »War es wirklich nötig, das Tier zu erschießen? Hätte man es nicht einfach betäuben können?«

Kapitel 6

Die Frage, ob man den Jungbullen Roger nicht hätte betäuben können, wurde zur gleichen Zeit auch an einem anderen Ort gestellt. Allerdings handelte es sich dabei um eine rhetorische Frage, denn kein Mitglied der Tierrechtegruppe *Animal Get Your Gun* zweifelte daran, dass die Erschießung des Tieres - die Exekution - vollkommen unnötig und übertrieben gewesen war.

Die Gruppe traf sich wie an jedem Freitagnachmittag in ihrem Hauptquartier in Camborne. An die 30 Männer und Frauen hatten sich wie immer in der Ruine der ehemaligen Zinnmine versammelt und diskutierten über die neuesten Geschehnisse in der Welt der Tiere. Der *nicht-menschlichen Tiere*, wie sie die von ihnen geschützten Geschöpfe nannten, da ihrer Ansicht nach auch der Mensch nichts anderes als ein Tier war, das sich über seine Artgenossen erhob und für eine besondere Spezies hielt. Eine Spezies, die andere Arten unterdrückte, quälte und in Gefangenschaft hielt.

Die Aufgabe der Gruppe war es, die Rechte der gefangenen Wesen gegen ihre Unterdrücker zu verteidigen, mit welchen Mitteln auch immer. Sie hatte sich nach der Streitschrift eines anonymen Autors benannt, der Anfang des neuen Jahrtausends sein Manifest unter eben diesem Namen - »Animal Get Your Gun« - veröffentlicht hatte. Hier rief er zum Widerstand und zur Befreiung der geknechteten Lebewesen auf. Bis heute rätselte die Gruppe, wer der seltsame Anonymus war. Doch es war nicht wichtig. Wichtig war die Gruppe und die Aktionen, die sie durchführte.

An diesem Tag gab es natürlich nur ein Thema: Den Angriff des Flusspferds auf seinen Pfleger und seine anschließende Tötung. Für die Gruppe stand fest, dass das nicht-menschliche Tier in seinem Drang nach Freiheit gegen seine Gefangenschaft aufbegehrt und den Wärter aus reiner Notwehr heraus attackiert hatte. Daraufhin war es von den anderen Wärtern brutal exekutiert worden. Nun war man dabei, eine Erklärung für die Medien zu verfassen und diskutierte über einzelne Formulierungen.

»Dass der Wärter gestorben ist, ist schon blöd gelaufen. Das schadet unserer Sache«, meinte Will Clayton, ein Student in den Zwanzigern.

»Ich finde das auch schlimm. Der Mann hatte bestimmt Familie«, meinte Theresa Nicholls, eine 40jährige Lehrerin.

»Das hätte er sich überlegen müssen, bevor er die Zoo-Gefangenschaft unterstützt hat«, sagte Sean Glover, ein weiteres Mitglied der Gruppe. »Wer dort arbeitet, unterstützt das System. Der hat das Schlimmste verdient, und natürlich kann gebissen werden.«

»Sicher, aber so können wir das nicht schreiben, Sean. Da haben wir die Sympathien bestimmt nicht auf unserer Seite«, antwortete Will. »Ein toter Mann - auch ein Wärter - erzeugt Mitleid. Das können wir nicht gebrauchen.«

»Was schlägst du also vor?«, fragte Cindy Ferrell, eine 18jährige Schülerin, und nahm sich noch ein Bier.

»Wir müssen es so darstellen, dass der Kerl seinen Tod provoziert hat. Er hat auf das Tier eingeschlagen… mit diesem Haken… diesem Ankus.«

»Das *nicht-menschliche* Tier«, korrigierte ihn Theresa.

»Und den Haken gibt's nur bei Elefanten«, ergänzte Josh Hegarty. »Deshalb nennt man den doch Elefantenstab.«

»Ist das jetzt wichtig?«, fragte Will. »Das weiß doch kein Mensch.«

»Menschliches *Tier*«, korrigierte Theresa.

»Oder so. Wir müssen eine Geschichte verkaufen. Und zu der Geschichte gehört, dass der Pfleger… dass der *Wärter* das arme Wesen gequält hat, so dass es sich wehren musste. Und da niemand glauben wird, dass er ein Flusspferd mit seinen bloßen Händen zur Weißglut gekitzelt hat, wäre so ein Ankus ganz hilfreich, oder?«

Dagegen gab es keine weiteren Einwände. Ebenso wenig gegen die Darstellung der Flusspferdanlage als klitzekleines trostloses Gehege mit vielen Gittern. Dass die Anlage den heutigen Vorschriften entsprach und im Vergleich zu früheren Zeiten geradezu riesig war, wurde in der Pressemitteilung wohlweislich verschwiegen. Es passte ebenfalls nicht zur Geschichte. Als die Gruppe den letzten Satz formuliert hatte, herrschte für einen Moment allgemeine Zufriedenheit.

»Klasse, Leute«, meinte Josh. »Darauf springen die Medien an. Und es wird bestimmt geteilt. Damit gehen wir viral.«

»Ja, genau, das wird unser Durchbruch. Danach ignoriert uns keiner mehr.« Theresa war in ihrem Enthusiasmus nicht mehr zu bremsen und verteilte unter allen Anwesenden fleischfreie Frikadellen aus Haferflocken. Die Klöpse fanden großen Anklang, obwohl sie etwas trocken geraten waren.

»Und was machen wir als Nächstes?«, fragte Cindy und drückte eine Unmenge Senf und Ketchup auf ihren Teller. Die Frikadellen waren wirklich *sehr* trocken.

»Na, was schon? Abwarten und uns auf die Reaktionen freuen. Das geht bestimmt rund in den Kommentaren.«

»Das ist alles, Will? Das ist doch Bullshit. Warum legen wir nicht direkt nach? Nutzen die Stimmung aus. Jetzt ist die Zeit für richtige Aktionen. Eigene Aktionen. Nicht nur so'n Tier, das Amok läuft.«

»*Nicht-menschliches* Tier.«

»Jetzt nicht, Theresa! Wir müssen handeln. Wir brauchen eine spektakuläre Aktion. Etwas wirklich Aufsehenerregendes.«

»Ja. Oder vielmehr: Nein«, erwiderte Will. »Wir dürfen es nicht übertreiben. Erst einmal gilt es zu ernten, was wir gesät haben. Dann sehen wir weiter.«

»Aber… das heißt, wir machen… nichts?« Cindy konnte nicht glauben, was sie da hörte.

»Nein, das heißt es ganz und gar nicht. Wir versorgen die Presse mit unserer Erklärung, wir geben bei Bedarf weitere Interviews und Statements, und wir beteiligen uns an den Diskussionen im Netz. Und dann versammeln wir uns wieder nächste Woche Freitag und besprechen die weiteren Schritte.«

»Aber… das kann doch nicht wahr sein. Wir müssen jetzt handeln. Jetzt!« Wütend sprang Cindy auf und schleuderte ihre Frikadelle an die Wand. »Und dieser Fraß ist viel zu trocken. So was frisst doch kein Mensch!«

»Menschliches…«, begann Theresa, hielt aber inne, da Cindy mit lautem Gepolter aus dem Raum stürmte. Ihr folgten weitere Mitglieder der Gruppe. Unter ihnen Sean Glover und Freddy Branson. Es schien so, als ob sich die Fronten verhärtet hätten. Will Clayton seufzte und nahm sich noch ein Bier. Er würde die abtrünnigen Mitglieder wieder auf Spur bringen, wenn sie sich beruhigt hatten. Nach ein paar Tagen würden sie runterkommen und einsehen, dass er Recht hatte. Denn, dass er Recht hatte, davon war er überzeugt.

Kapitel 7

Einige Zeit später saßen Clara und der Direktor im Restaurant des Zoos. Da der Park für die Öffentlichkeit geschlossen war, war auch das Restaurant an diesem Tag nicht geöffnet, aber Wise hatte eine Mitarbeiterin auftreiben können, die ihnen einen frischen Tee zubereitete. Und die beiden bedienten sich ausgiebig am Süßigkeitenregal. Musik gab es ebenfalls keine, dafür waren die Vögel in ihren Volieren umso deutlicher zu hören. Es war eine friedliche Stimmung, die nicht zum traurigen Anlass passen wollte.

»Schmeckt Ihnen der Tee, Lady Bedfort?«

»Oh ja, Mister Wise. Er ist vorzüglich.«

»Wie schön.«

»Sie glauben also, dass es kein Unfall war?«

»Genau«, meinte der Direktor. »Das heißt, ich *glaube* nicht, ich *weiß*. Nick war ein aufmerksamer und verantwortungsbewusster Tierpfleger. Der wäre nie auf die Anlage gegangen, wenn er sich nicht vom ordnungsgemäßen Zustand des Schiebers überzeugt hätte. In solchen Dingen war er absolut gewissenhaft. Bei sich und bei anderen.«

Clara lächelte. »Gut, das klingt überzeugend.«

»Richtig. Für Nick würde ich meine Hand ins Feuer legen. Oder den Kopf ins Krokodilmaul stecken, wenn Sie's tierischer formuliert haben möchten.«

»Wie auch immer - die Botschaft ist angekommen. Dann stellt sich allerdings die Frage, ob jemand gezielt Mister Chapman in Gefahr bringen wollte. Oder ob es eine Aktion gegen den gesamten Zoo war und den armen Mann nur zufällig getroffen hat.«

»Ach so«, meinte der Zoodirektor nachdenklich, »Sie denken, dass jemand unserem tadellosen Ruf schaden wollte. Das wär' natürlich möglich. Aber wäre das nicht etwas… heftig? Unsere Gegner beschränken sich für gewöhnlich auf Protestaktionen. Kleine Demos, Hasskommentare, solche Sachen. Und letztes Jahr hatten wir einen Fall von aggressivem Adbusting, aber das war's auch schon.«

Meine Mutter horchte auf. »Adbusting? Was ist das?«

»Das kennen Sie nicht? Sie Glückliche. Wir hatten eine Menge Ärger damit. Wissen Sie, das ist so: Die Tierrechtler nehmen ein Werbeplakat einer bekannten Firma, zum Beispiel von *easyJet* oder *Marks & Spencer*. Und dann ändern sie deren Botschaften in Sprüche gegen Zoos. Das ist besonders perfide, weil der normale Mensch denkt, dass die Plakate von den Unternehmen selbst kommen. Und dass die sich neuerdings auch gegen Zoos stark machen.«

»Aber das ist doch sicher ungesetzlich?«

»Selbstverständlich, Lady Bedfort. Da werden ja Markenrechte verletzt und es wird Rufmord betrieben. Aber bis Sie das den Behörden klar gemacht haben, hängen die Plakate tage-, ja manchmal wochenlang. Und in der Zeit sickert die Botschaft in die Menschen ein. Schlimm ist das, wirklich schlimm.«

»Aber können Sie die Plakate nicht einfach überkleben?«

Wise lachte auf. »Können ja. Aber dann kriegen *wir* Ärger, denn das ist Sachbeschädigung. Als ob Sie ein Wahlplakat beschmieren. Und in solchen Fällen reagieren die Behörden ganz schnell. Haben wir alles schon erlebt.«

Das Telefon des Direktors klingelte. Es war sein Mann, Robert, der sich über die neueste Entwicklung im Zoo informieren wollte. Er war offenbar sehr aufgebracht, und Wise musste ihn beruhigen, obwohl er selber auch nicht gerade das stärkste Nervenkostüm besaß. Nach einiger Zeit legte er auf.

»Bitte entschuldigen Sie, Lady Bedfort. Robby nimmt sich solche Dinge sehr zu Herzen. Und damit meine ich nicht nur Todesfälle. Auch die Kampagnen gegen den Zoo. Er hat nah am Wasser gebaut, wenn Sie verstehen, was ich meine. Und das geht auch mir an die Substanz.«

»Selbstverständlich. Sie müssen sich nicht rechtfertigen, Mister Wise.«

»Danke.« Der Direktor leerte den Rest seiner Teetasse und schenkte beiden nach.

»Aber kann es nicht sein, dass jemand die Situation falsch eingeschätzt hat? Dass derjenige nicht damit gerechnet hat, dass Roger seinen Pfleger töten würde? Vielleicht wollte er ihm nur einen Schreck einjagen?«

»Das wäre sicherlich möglich. Zumal der Bulle an diesem Tag außergewöhnlich aggressiv war.«

»Ach, inwiefern, Direktor?«

»Nun, Flusspferde sind eigentlich nicht besonders auf Krawall gebürstet. Und es gibt eine klare Hierarchie in der Gruppe. Heute Morgen hatte Kairo, der alte Bulle und Anführer, jedoch Schwäche gezeigt. Es ist etwas unappetitlich, aber... normalerweise markiert Kairo die Kante des Wasserbeckens mit seinem Kot, sobald er ins Freie kommt. Das ist ein Dominanzverhalten, das allen anderen Tieren zeigt, dass er nach wie vor der Boss ist. Heute hat er das nicht gemacht, und das hat Rogers Kampfeslust geweckt.«

»Aha. Und warum hat er dann nicht Kairo angegriffen, sondern Mister Chapman?«

»Das hätte er noch, Lady Bedfort. Aber vorher hat ihn wohl der geöffnete Schieber abgelenkt. Er ging zurück in die Innenanlage. Und da war Nick. Er hat ihn in diesem Moment als weiteren Rivalen angesehen. Als Konkurrenten um die Vormachtstellung in der Gruppe.«

»Das ist ja furchtbar«, meinte Clara. »Also eine Verkettung unglücklicher Umstände.« Sie dachte nach. »Eine andere Frage wäre, ob sich vielleicht jemand am Zoo rächen wollte?!«

»Wer denn? Die Natur?«

»Nein, Direktor, ich meine jemand, der noch eine Rechnung offen hat. Der früher hier gearbeitet hat und dann unehrenhaft entlassen wurde.«

»Nun… das wäre ebenfalls denkbar… nur wüsste ich da niemanden… außer…«

»Ja?«

»Außer Frank Schofield natürlich. Das muss ich Ihnen ja nicht erklären.«

Das musste James Wise tatsächlich nicht. Clara selbst war es gewesen, die damals die entscheidende Idee hatte, um den mörderischen Tierarzt hinter Gitter zu bringen. Und um seinen illegalen Tierhandel auffliegen zu lassen.

»Wo ist Schofield heute? Ich will doch hoffen, nach wie vor im Gefängnis?«

»Oh ja. Der sitzt hinter Schloss und Riegel in Dartmoor. Maximale Sicherheit, soviel ich weiß. Oder…« In diesem Moment kam dem Mann ein furchtbarer Gedanke. Er erbleichte. »Oder ist er etwa ausgebrochen?«

Kapitel 8

Frank Schofield war nicht ausgebrochen, wie Clara nach kurzer Recherche herausfand. Er war noch immer sicher in Dartmoor Prison verwahrt.

Zur gleichen Zeit öffnete Miller die Tür des Polizeireviers in Broughton. Ihn überkam ein Gefühl der Melancholie. Nach seiner unfreiwilligen Versetzung aus Manchester hatte er mehr als ein Jahrzehnt an diesem Ort gearbeitet. Er kannte jeden Winkel des Gebäudes in- und auswendig. Von dem Fenster in seinem Büro, bei dem er stets auf der Hut sein musste, nicht geköpft zu werden, bis zu dem dunklen Fleck an der Wand des Verhörraums, von dem keiner mehr sagen konnte, wie er dorthin gelangt war, und von dem auch keiner so genau wissen wollte, woraus er ursprünglich bestanden hatte. Dieser Ort bedeutete für Miller Heimat.

In seinem neuen, viel größeren Büro in Truro hatte er sich nicht annähernd so heimisch gefühlt, und er bezweifelte, dass es jemals dazu kommen würde. Dafür hatte er zu wenig Spaß an seinen administrativen Aufgaben als Superintendent. Er konnte zwar theoretisch viel mehr entscheiden als früher, doch er hatte schnell lernen müssen, dass ihm auch in dieser Position in vielen Fällen die Hände gebunden waren und es immer eine noch höhere Instanz gab, die ihm auf die Finger schaute. Letztlich musste er neuerdings in vielen Fällen den Kopf hinhalten, bei denen er selbst nichts ausrichten konnte. Langsam begann er zu begreifen, weshalb sein Vor-Vorgänger Core damals so dauerhaft schlecht gelaunt und frustriert gewesen war. Dieser Job nagte an jedem. Er bekam alle klein. Deshalb hatte er zur Verwunderung seiner Kollegen sofort zugegriffen, als in Marbles Cove ein vorübergehender Ersatz für Kali während ihres Mutterschaftsurlaubs organisiert werden musste. Andere in seiner Position hätten es wohl als Degradierung empfunden, wieder als Inspektor zu arbeiten, aber für ihn war es ein Fortschritt. Er konnte endlich wieder raus auf die Straße. Seine Aufgaben als Superintendent übernahm derweil sein Kollege aus der Grafschaft Devon in enger Zusammenarbeit mit seinem Assistenten Jefferson. Es war klar, dass das alles nur kurzfristige Lösungen sein konnten, aber Miller war fürs erste glücklich gewesen.

Es war wie in alten Zeiten, als er auch schon erfolgreich mit John Gomery zusammengearbeitet hatte. Die beiden verstanden sich besser denn je, und sogar für das ewige Problem Lady Bedfort hatten sie eine für alle Seiten gute Lösung gefunden. So hätte es weitergehen können. Doch jetzt hatte sich wieder etwas verändert. Er war wieder in Broughton. Und mit Broughton kamen die Erinnerungen zurück. Solche, die er in den letzten Monaten erfolgreich verdrängt hatte.

Miller kochte sich einen starken Kaffee und setzte sich an seinen alten Schreibtisch. Dann fuhr er den Rechner hoch. Das Revier in Broughton wurde nur noch im Bedarfsfall genutzt und von Marbles Cove aus mit bedient. Wenn etwas vor Ort zu tun war oder jemand ein Anliegen hatte, mussten Gomery und Miller telefonisch informiert werden und dann herkommen. Bislang hatte das immer Gomery übernommen.

Miller kamen die vielen Fälle in den Sinn, die er in diesem Revier bearbeitet hatte. All die Verhöre und Recherchen, die Auseinandersetzungen mit Lady Bedfort und ihrem Anhang…

und jener Tag, an dem urplötzlich *sie* in seinem Büro aufgetaucht war. Lucy. Die Frau, die er vor vielen Jahren geliebt hatte und die jetzt zufällig die Hilfe der Polizei benötigte. *Seine* Hilfe. Und es hatte sofort wieder zwischen ihnen gefunkt. Sie vermieden es, offen zu flirten, aber sie spürten das Knistern in der Luft, die besondere chemische Reaktion, die immer entstand, wenn sie zusammen waren. Sie waren miteinander ausgegangen, waren sich näher gekommen, und dann... Ende. Ein sinnloses Feuer hatte Lady Bedforts Haus in Brand gesetzt. Miller war gekommen, als es schon zu spät war. Er war ins Haus gestürmt, um sie zu retten, doch er konnte nichts mehr tun. Lucy war tot. Der Anblick war furchtbar. Sie war erstickt, ihre Züge grauenhaft verzerrt. Und die Flammen fraßen sich in ihren Körper. Der Anblick hatte ihn jede Nacht verfolgt. Ihm den Schlaf geraubt, weil er sie vor sich sah, sobald er die Augen schloss. Dann ließ es langsam nach, aber immer wieder hatte er Albträume. Bis heute.

Er konnte sich nicht auf das konzentrieren, was er auf dem Monitor sah. Die Buchstaben verschwammen vor seinen Augen. Lustlos stürzte er seinen Kaffee hinunter. Dann saß er eine Weile regungslos am Schreibtisch, bis er sich dazu durchringen konnte, eine Nummer zu wählen. Irgendwo weit entfernt klingelte ein Telefon, und eine resolute ältere Dame nahm den Hörer ab.

»Stempfield Hotel, Helen Miller, was kann ich für Sie tun?«

»Hallo, Mum.«

»Sammy! Das ist ja schön, dass du dich meldest. Wie geht es dir?«

Miller hätte seiner Mutter am liebsten das Herz ausgeschüttet. Sich alles von der Seele geredet. Aber da war auch das Gefühl, sich lieber von seinen Sorgen ablenken zu lassen. Auf andere Gedanken zu kommen.

»Gut. Ich wollte nur mal wieder deine Stimme hören. Ist bei dir alles in Ordnung? Mit dem Hotel?«

»Aber ja. Du, wir sind schon wieder wochenlang ausgebucht, ist das nicht toll? Das Stempfield Hotel ist eine echte Goldgrube.«

»Das ist schön. Aber überanstreng dich nicht, ja? Du musst in deinem Alter kürzer treten.«

»Ja ja, ich weiß. Am liebsten würde ich mich ja einmal ganz zurückziehen und dir den Kasten überlassen.«

Miller seufzte genervt auf. »Mum, das hatten wir doch schon. Ich bin kein Hotelier. Ich bin Polizist. Mit Haut und Haaren.«

»Na, so viele Haare hast du ja nicht mehr.«

»Ja, danke, das baut mich auf.«

Helen Miller horchte auf. »So? Musst du denn aufgebaut werden? Ist etwas nicht okay?«

»Doch, doch, das sagt man doch so.«

»Na, schön. Wegen der Haare kann man übrigens was unternehmen. Ich habe von einem neuen Mittel gehört, das echte Wunder wirken soll.«

»Das ist nichts für mich.«

»Ach? Und wieso nicht?«

»Weil… ach, darüber diskutier' ich doch nicht mit dir.« Miller wurde immer ärgerlicher. Das Gespräch mit seiner Mutter verlief absolut nicht so, wie er es sich erhofft hatte. Dabei hätte er es eigentlich wissen müssen. »Du, ich muss jetzt auflegen. Ich wollte nur wissen, wie's dir geht.«

»Das ist lieb. Kommst du bald mal wieder vorbei?«

»Klar. Mach's gut, Mum. Bye.«

»Bye.«

Miller legte auf. *Na, das ist ja super gelaufen*, dachte er sich. Frustriert fuhr er den Rechner wieder runter.

Kapitel 9

Ich fuhr abends noch einmal in die Klinik zurück. Allein. Dankenswerterweise hatte Clara sich bereit erklärt, sich währenddessen um die Zwillinge zu kümmern. Ihr machte es nichts aus, Albert und Lily zu hüten, und sie meinte, dass es uns gut täte, wieder einmal Zeit zu zweit zu verbringen.

Leider wurde es zunächst nichts mit der erhofften Zweisamkeit, denn als ich in den Aufenthaltsraum kam, war Kali gerade ins Gespräch mit einem anderen Mann vertieft. Ich hatte ihn bei meinen bisherigen Besuchen schon einige Male gesehen, kannte ihn aber nicht näher. Meine Frau stellte ihn als Joe Wheeler aus Brighton vor. Und anschließend erfuhr ich mehr von ihm, als ich je wissen wollte.

»Und Sie sind Butler, Max, ja?«, fragte er mich, und ich hatte den Eindruck, dass er dies durchaus von oben herab tat.

»Richtig, Mister Wheeler.«

»Also, für mich wär' das nichts. Ich könnte nicht den ganzen Tag andere Menschen bedienen. Ich will frei sein.«

Apropos frei, dachte ich, *sei doch so frei und geh' einfach.* Aber ich hielt mich Kali zuliebe zurück. »Hm, jeder nach seiner Fasson. Und man muss ja auch Geld verdienen.«

»Eben nicht, Max, eben nicht! Genau dieser Gedanke ist falsch. Ich hab' jahrelang auch so gedacht, geschuftet von morgens bis abends, immer auf der Suche nach dem großen Geld. Und dann - Burn-out. Klappe zu, Joe tot, sozusagen.«

»Sie scheinen mir aber noch ganz lebendig zu sein.«

»Ja, jetzt. Wieder. Der Burn-out war mein Erweckungserlebnis. Mein Signal, alles neu anzugehen. Wie heißt es doch bei Rilke? *Du musst dein Leben ändern.* Und das hab' ich getan. Von einem Tag auf den anderen habe ich alles über den Haufen geworfen. Hab' meinen Job gekündigt. Meine Familie verlassen. Und eine ganz neue Philosophie entwickelt. Und deshalb bin ich heute da, wo ich jetzt bin.«

Ich betrachtete ihn skeptisch. »Sie meinen, in der Reha-Klinik?«

Wheeler lachte. »Sie gefallen mir, Max. Reden, wie Ihnen der Schnabel gewachsen ist. Das ist gut. Sie dürfen nicht alles in sich rein fressen. Lassen Sie's raus! Und halten Sie sich bloß nie zurück. Wenn Sie was wollen, dann müssen Sie es sich nehmen!«

»Und das funktioniert?«, fragte Kali.

»Aber ja, Mrs. Bedfort. Das Sein bestimmt das Handeln. Wir sind alle Exoterianer. Wie wir uns verhalten, beeinflusst die ganze Welt. Alles. Allein durch dieses Gespräch hab' ich Ihr Leben verändert. Und Sie meines. Aber ich Ihres mehr, jede Wette.« Wheeler grinste breit.

»Das ist ja wirklich hochinteressant, was Sie erzählen«, meinte Kali, und ich bewunderte sie dafür, wie ernst sie dabei bleiben konnte.

»Wobei ich zugeben muss, dass es mir nicht nur wegen meiner neuen Lebenseinstellung besser geht. Medikamente spielen auch eine Rolle. Früher hatte ich Depressionen und Panikattacken. Lebensmotto: *Depri heil!* Aber jetzt: alles gut.« Er deutete eine Verbeugung an. »Darf ich mich vorstellen? *Sir Prozac Newton* zu Ihren Diensten. Und meine neue Braut heißt *Catherine Zeta-Lopram.*« Er lachte schallend, so als ob er den Scherz des

Jahrhunderts gerissen hätte. Meine Frau lachte höflichkeitshalber mit. Nur ich verzog keine Miene.

»Na, Ihnen könnten ein paar Stimmungsaufheller aber auch nicht schaden, Max! Nun lachen Sie doch mal.«

»Später vielleicht.« Ich ergriff Kalis Hand. »Nun würden wir uns gern von Ihnen verabschieden. Wir wollen für uns sein, Sie verstehen?«

»Oh, oh, oh. Großer Fehler. Die Vereinzelung ist nicht hilfreich. Man muss immer unter vielen Menschen sein. Ihr müsst rausgehen, dann erlebt ihr auch was. Das ist meine Philosophie.«

»Ja, Stichwort *rausgehen*: Schönen Abend noch.« Ich machte kehrt und zog Kali mit mir. Draußen im Park schütteten wir uns vor Lachen aus.

»Sag mal, was war das denn gerade?«, fragte ich.

»Ja, Joe ist ein echtes Original.«

Wir lachten noch eine Weile, dann nahmen wir auf einer Bank Platz. Es war ein wundervoller Abend, und wir ließen ihn uns auch durch Kalis seltsamen Bekannten nicht vermiesen.

Kapitel 10

Nachdem Clara den Zwillingen noch etwas vorgesungen und von ihrem Tag erzählt hatte, wartete sie, bis die beiden eingeschlafen waren. Sie schaltete das Babyphon ein und verließ leise das Kinderzimmer. Vorsichtig lehnte sie die Tür an, nachdem sie einen letzten Blick auf die friedlich unter der Bärchen-Tapete schlafenden Kinder geworfen hatte.

Sie kontrollierte, ob das Babyphon funktionierte, und ging mit dem Empfangsteil in die erste Etage. Dort kam sie an Jills Zimmer vorbei, aus dem wie immer laute Musik dröhnte. Wobei Clara sich nicht sicher war, ob es sich bei dem Krach wirklich um *Musik* handelte. Sie wollte zwar nie so spießig wie ihre Eltern werden, die schon bei den Beatles Zustände bekommen hatten, aber verstehen konnte sie die heutigen Hörgewohnheiten trotzdem nicht. Sie überlegte einen Moment, dann klopfte sie an Jills Zimmertür. Das Mädchen bat sie herein und drehte die Anlage leiser.

Jill war offenbar damit beschäftigt gewesen, ein neues Video am Computer zu schneiden.

»Hallo, woran arbeitest du?«, fragte sie interessiert.

»Hi, Clara. Das ist der neue Teil meiner *Let's-play*-Serie. Der geht richtig ab. Der letzte Teil hatte über 800 Klicks.«

»Das ist toll«, meinte Clara, die natürlich keine Ahnung von Klickzahlen hatte. »Und was für ein Spiel stellst du vor?«

»Oh, das wird dir gefallen.« Jills Augen strahlten. »Was richtig Anspruchsvolles. Eine Simulation, bei der du in einem totalitären Staat als Blockwart arbeitest. Du musst andere melden, damit's dir nicht selbst an den Kragen geht. *Big brother is watching you.*«

»Ach? Ich dachte, diese Spiele sind alle eher primitiv.«

»Ja, das denken viele, stimmt aber nicht. Soll ich es dir mal zeigen?«

»Ein anderes Mal.« Clara winkte dezent, aber bestimmt ab. »Ich wollte eigentlich mit dir reden. Darf ich mich setzen?«

»Klar, ist doch dein Haus.«

Meine Mutter räumte etwas Schmutzwäsche und einige leere Verpackungen von einem der Stühle und nahm anschließend darauf Platz. »Weißt du, es geht um Allistair.«

Damit war Jills gute Laune augenblicklich verschwunden. Das Mädchen verdrehte genervt die Augen. »Muss das sein? Das hatten wir doch schon.«

»Hör mal, ich verstehe ja, dass Allistair sehr charmant sein kann. Wenn er Kreide gefressen hat, wirkt er richtig nett. Besonders auf junge Menschen. Aber lass dich nicht täuschen: Er ist und bleibt ein Wolf.«

»Clara, wenn du Märchen erzählen willst, geh bitte wieder zu Albert und Lily. Ich bin zu alt für so was.«

»Ja, das bist du. Und dann wieder nicht. Du bist zur Frau geworden, aber du hast längst nicht alle Erfahrungen gemacht. Ich will dich nur beschützen.«

»Danke, aber das musst du nicht. Ich kann gut auf mich selbst aufpassen. Schon vergessen? Heimkind!« Jill hob triumphierend ihren Arm, als ob sie gerade den *Emmy* gewonnen hätte. »Ich hab' schon 'ne Menge Scheiße mitgemacht, das kannst du mir glauben.«

»Aber das ist doch kein Grund, in dein Unglück zu rennen. Und Allistair ist ein Unglücksbringer. Vertrau mir. Nur dieses eine Mal.« Meine Mutter sah die junge Frau fast flehend an.

»Ich glaube ja, du übertreibst, Clara. Aber gut: Ich vertraue dir. Und ich passe auf, was deinen Bruder angeht. Ich bin ganz vorsichtig und nehme mich vor dem großen, bösen Wolf in Acht.« Sie schmunzelte. »Notfalls versteck' ich mich im Uhrenkasten.«

Clara schmunzelte nicht. »Das hilft dir nicht. Da kannst du dich genauso gut unter dem Glastisch verstecken. Er findet dich. Und er frisst dich mit Haut und Haaren.«

»Na, und? Dann kommst du mit Max und ihr schneidet ihm den Bauch auf und füllt ihn mit Wackersteinen. Märchen gehen nämlich immer gut aus.«

»Jill, ich meine das ernst. Pass auf dich auf, ja? Ich will dich nicht auch noch verlieren.«

Das Mädchen wusste, worauf meine Mutter anspielte. Die Tode von Tim Denham und Thomas Portman hatten auch Jill nicht kalt gelassen. Trotzdem fand sie es unfair, diese Karte auszuspielen. Aber sie hielt sich ausnahmsweise zurück. »War das dann alles? Ich muss schneiden, damit das Video heute noch online geht.«

»Gut, ich will dich nicht aufhalten.« Clara stand auf und machte sich daran, das Zimmer zu verlassen. »Ach, hast du dich übrigens nach einem Job erkundigt?«

Jill warf ihr einen vernichtenden Blick zu. »Ernsthaft? Du kommst jetzt mit so einem Thema? Timing ist nicht deine Stärke, oder?«

»Na ja, ich dachte, wenn wir schon mal bei unangenehmen Themen sind…«

»Das ist nur für dich 'n Thema. Ich *habe* Arbeit. Ich bin Youtuberin.«

»Wenn du das sagst…«, meinte meine Mutter wenig überzeugt.

»Ja, sage ich. Und ich digitalisiere immer noch dein blödes Archiv. Schon vergessen? Da kommt einiges an Kohle zusammen.«

Das stimmte allerdings. Clara war selbst überrascht gewesen, wie viel sie das Abfotografieren ihrer gesammelten Zeitungsjahrgänge bereits gekostet hatte. Und ein Ende war noch immer nicht abzusehen. Allerdings ging es ihr auch nicht in erster Linie um das Finanzielle. Sie wollte, dass Jill endlich aktiv würde und lernte, wie man sich richtig bewirbt. Ihr Versuch beim Freizeitpark *Dreamland* war ja ein ziemlicher Schlag ins Wasser gewesen.

Sie wollte gerade zu einem langen Monolog über Verantwortung und Selbstständigkeit ansetzen, als sie Lilys Stimme im Empfangsteil des Babyphons hörte. Das Kind weinte. Das hatte natürlich Vorrang. Sie verließ Jill und ging zurück zum Kinderzimmer. Dort nahm sie das Mädchen in den Arm und tröstete es. Es hatte wohl schlecht geträumt. Clara lief langsam im Zimmer auf und ab und schaukelte Lily sanft, bis sie wieder eingeschlafen war. Meine Mutter seufzte. In diesem Alter war die Welt noch so einfach und die Probleme so leicht zu lösen. Junge Frauen wie Jill waren da schon ein anderes Kaliber. Und viel zu schwer, um sie im Arm zu schaukeln…

Kapitel 11

Es war eine friedliche Nacht. Die letzten Mitarbeiter hatten schon vor Stunden den Zoo von Broughton verlassen. Nur der Nachtwächter drehte hin und wieder seine Runden, bevor er wieder in sein kleines Haus zurückging, das ebenfalls auf dem Gelände lag. Alles war still. Die Tiere schliefen. Nur einige nachtaktive Arten waren noch auf, wie die Eulen und die Fledermäuse.

Von ihnen unbemerkt machte sich ein Eindringling an der Tür des Affenhauses zu schaffen. Er hatte sich im Schutz der Dunkelheit an das Haus herangepirscht und dort eine Brechstange unter seiner Kleidung hervorgeholt. Die Eingangstür zu öffnen, war ein Kinderspiel.

Im Haus war es dunkel, nur die Notausgänge waren beleuchtet. Sekunden später bewegte sich der Strahl einer Taschenlampe über die Wände des Affenhauses. Der Eindringling benötigte einen Moment, um sich zu orientieren, dann steuerte er auf die Anlage der Kapuzineraffen zu. Die Tiere waren durch Glasscheiben von den Besuchern getrennt. Von dieser Seite würde er nicht zu ihnen gelangen. Doch er wusste, dass es einen anderen Weg gab.

Auch die Tür der Futterküche ließ sich leicht aufbrechen. Der Eindringling wagte es nicht, Licht zu machen, und übersah einen blechernen Futtereimer. Er stieß unsanft gegen ihn, woraufhin ein lautes Scheppern ertönte. Er fluchte leise und wartete, ob jemand den Krach gehört hatte. Doch nichts tat sich. Als er sicher war, dass niemand kommen würde, öffnete er die nächste Tür. Dort führte ein Gang an die Rückseite der Innenanlagen.

Langsam schritt er den Gang entlang und leuchtete in die Anlagen hinein. Die Affen schliefen, nur einige Tiere blickten ihn aus müden Augen an. Er kam an den Springtamarinen vorbei, den Totenkopfäffchen und den Meerkatzen. Dann war er endlich bei den Kapuzineraffen angelangt. Er steckte sich die Taschenlampe in den Mund und öffnete mit den Händen das Gitter. Leise trat er in das Gehege. Dann holte er einen groben Sack hervor. Nacheinander leuchtete er die kleinen Affen an, bis er das richtige Tier gefunden hatte: Sissy. Das Männchen mit dem seltsamen Namen schlief. Es würde ein Leichtes sein, es im Schlaf zu überraschen und in den Sack zu stecken.

Doch die anderen Affen waren auf ihn aufmerksam geworden. Sie spürten, dass etwas nicht in Ordnung war und Gefahr drohte. Und sie zögerten keine Sekunde und gingen zum Angriff über. Mit großem Gekreische sprangen sie aus allen Richtungen auf den Eindringling und attackierten ihn wild. Er hatte Mühe, die aggressiven Tiere abzuwehren. Die Affen waren nicht groß, aber überall. Und sie hatten scharfe Gebisse und Krallen. Er trat um sich und versuchte, die Tiere mit dem Sack und der Brechstange zu verscheuchen. Da sprang ihm eines der Weibchen direkt ins Gesicht. Die Taschenlampe fiel zu Boden, und er bekam die Krallen zu spüren, die ihm mitten durch das Gesicht gezogen wurden. Er blutete. Schlug mit der Stange nach dem Weibchen, das von ihm abließ, als er es leicht erwischte. Dann trat er einen anderen Affen mit dem Fuß von sich, woraufhin dieser hart gegen die Wand klatschte.

Sissy schlief natürlich längst nicht mehr. Er hatte sich ängstlich in eine Ecke der Innenanlage zurückgezogen. Der Eindringling hob die Taschenlampe auf und arbeitete sich mühsam zu der Ecke vor. Dann packte er das panische Männchen und stopfte es in den Sack. Endlich. Es war Zeit für den Rückzug.

Doch die anderen Affen stürzten sich erneut auf ihn. Eines der Tiere biss ihm ins Bein, ein anderes in die Hand. Er schrie auf, was die Kapuzineraffen mit noch lauterem Geschrei quittierten. Mit letzter Kraft schüttelte er die restlichen Tiere ab und rettete sich auf den Gang. Dann rannte er zurück zur Küche. Die Affen folgten ihm. Er verließ die Küche und blockierte die Tür mit einer Besucherbank. Er konnte nur hoffen, dass ihn noch immer keiner gehört hatte.

Der Eindringling griff zu der Spraydose, die an seinem Gürtel befestigt war, und hinterließ ein Graffito an der Küchentür. Dann schleppte er sich aus dem Affenhaus und löschte das Licht seiner Lampe. Er verließ den Zoo so schnell wie möglich, während der Affe im Sack noch immer wild zuckte.

Kapitel 12

Am nächsten Morgen hatten sich die Ermittler wieder im Zoo versammelt. Diesmal im Affenhaus. Elmquist war nicht vor Ort, da es keinen Toten gegeben hatte. Während Gomery die Spurensicherung leitete, standen Miller, Clara und Direktor Wise vor der Glasscheibe der Kapuzineranlage und betrachteten die Affen. Einer fehlte, und es war eine wahre Herkulesaufgabe gewesen, die übrigen Tiere wieder einzufangen, die den Rest der Nacht in der Küche getobt hatten. Ihnen war es sogar gelungen, das Gitter der Meerkatzenanlage zu öffnen, so dass diese auch noch im Gang herumrannten. Clara fand das irgendwie niedlich, aber die genervten Blicke der Tierpfleger, die eine halbe Ewigkeit gebraucht hatten, um alle Tiere zu fassen zu bekommen, machten ihr klar, dass sie das etwas anders sahen.

Nachdenklich betrachtete Miller die Kapuzineraffen beim Fressen. Es war ein faszinierender Anblick. Immer wieder bissen die Tiere in ein Stück Obst einmal kurz hinein und ließen es dann einfach zu Boden fallen. Wie ihm Direktor Wise erklärt hatte, wurden alle Stücke im Zoo so klein wie möglich geschnitten. Sonst würden die Tiere wohl halbe Bananen übrig lassen, da sie grundsätzlich nichts Angebissenes mehr fraßen.

»Wer entführt denn einen Affen?", fragte er. „Oder ist das Wort falsch? Wurde er gestohlen?«

»Da keine Lösegeldforderung zu erwarten ist, können wir von einem Diebstahl ausgehen«, meinte Clara. »Oder war das Tier kostbar?«

»Nein, nein«, meinte Direktor Wise. »Sissy ist ein ganz normaler Affe. Etwas scheuer als die anderen, eher ängstlich. Vielleicht wurde er deshalb ausgewählt. Weil ihn die Diebe für leichte Beute hielten.«

»Aber sie hatten nicht mit seinen Artgenossen gerechnet. Hier hat ja ein richtiger Kampf stattgefunden.«

»Richtig, Inspektor«, sagte Wise, und eine Bewunderung für die Primaten schwang in seinen Worten mit. »Affen können sehr wehrhaft sein und erstaunliche Kräfte entwickeln. Einfach so in den Käfig zu gehen, ist glatter Wahnsinn. Normalerweise separieren wir die Tiere, wenn wir an eines heran wollen. Und je nachdem, was wir vorhaben, betäuben wir sie auch vorher.«

»Der Direktor sprach von Dieben«, meinte Clara und wandte sich an Miller. »Wissen Sie denn schon, wie viele Täter es waren?«

»Den Spuren nach zu urteilen nur einer. Oder eine Täterin, das lässt sich noch nicht sagen.« Miller seufzte. »Ansonsten tappen wir im Dunkeln. Wir wissen nicht, ob es jemand aus dem Zoo war und ob es mit dem Todesfall im *Attenborough-Haus* zusammenhängt.«

»Tja, das ist die Frage. Aber wie lassen sich ein toter Pfleger und ein gestohlener Affe in Verbindung bringen?« Clara war verwirrt. Sie nahm mit Miller auf einer der Bänke Platz, während der Direktor versprach, für sie alle einen Kaffee zu organisieren. Zunächst sprachen beide kein Wort. Meine Mutter dachte nach. Was wussten sie? Nur, dass jemand nachts gewaltsam in das Affenhaus eingedrungen war und einen Kapuzineraffen gestohlen hatte. Aber war das von Anfang an das Ziel gewesen? Hätten noch mehr Affen entwendet werden sollen? Hatte der Eindringling nicht mit der Gegenwehr gerechnet oder war er gestört worden? Und sprach das gewaltsame Eindringen dafür, dass er keinen Schlüssel hatte? Dann war da noch das Zeichen, das mit pinker Farbe auf die Küchentür gesprayt worden war. Es zeigte ein lachendes Flusspferd und war bereits häufiger in Zoos aufgetaucht, meist im Rahmen von Vandalismus. Bedeutete es, dass radikale Tierrechtler hinter dem Diebstahl steckten? Oder wollte ein Trittbrettfahrer ihnen die Tat in die Schuhe schieben? Clara wusste, dass sie nichts ausschließen durfte.

Bevor Wise zurückkehrte, kam Gomery zu den beiden. Er stöhnte herzhaft auf. »Kannst du mich dann mal ablösen, Sam? Lange halte ich das nicht mehr aus. Dieser Lärm von den Affen. Und der Gestank!«

Miller nickte. »Klar, geh am besten etwas an die frische Luft.«

»Frische Luft ist gut. Da sind auch überall Tiere!«

»Immerhin keine Wölfe«, versuchte sich Miller an einem Scherz.

Nun war Gomery noch schlechter gelaunt, falls das überhaupt möglich war. »Erinnre mich nicht daran. Die sind noch schlimmer. Ich hasse Wölfe. Und Affen. Und Flusspferde hasse ich auch. Und jede Art von Vogel. Und Fische. Fische sind die schlimmsten.« Gomery spürte, dass er dringend raus musste. Er stürmte zum Ausgang und stieß fast mit James Wise zusammen. Er schnappte sich einen der drei Becher, die der Direktor auf einem Tablett trug und lief ins Freie.

Wise schüttelte den Kopf. »Was für eine Laus ist dem denn über die Leber gelaufen?«

Clara lachte. »Oh, von Läusen war bisher keine Rede. Aber ich bin mir sicher, er hasst sie.«

Auch Miller lachte, und James Wise schüttelte noch heftiger den Kopf.

Kapitel 13

Erneut trafen sich die Tierrechtler in ihrem Quartier in der Ruine der alten Zinnmine. Sie hatten kurzfristig eine weitere Sitzung einberufen.

»Also, wer war das? Wer hat den Affen befreit?«, fragte Will Clayton.

Niemand antwortete.

»Ernsthaft, einer von euch muss es gewesen sein. Unser Zeichen ist auf die Küchentür gesprayt worden. Das rosa Nilpferd. Jetzt seid nicht so zurückhaltend, das war 'ne klasse Aktion.«

Noch immer meldete sich niemand. Die 18 Mitglieder der Gruppe, die heute erschienen waren, blickten sich verwundert an. In diesem Moment betrat Josh Hegarty den Raum und drängte sich an Theresa Nicholls vorbei.

»Aus dem Weg!«, meinte er außer Atem.

»Nicht so stürmisch«, antwortete sie.

»Hab' ich was verpasst?« Josh warf seine Jacke über einen der Stühle und setzte sich.

»Nein. Wir sind gerade dabei herauszufinden, wer Sissy befreit hat.«

»Die Kaiserin?«

»Ja, klar«, sagte Jamie sarkastisch. »Einer von uns ist in der Zeit zurück gereist und hat Elisabeth befreit, bevor Lucheni sie mit der Feile töten konnte.«

Josh sah seine Mitstreiterin entgeistert an.

»Quatsch. Den Kapuzineraffen!«

»Ach so! Als ob ich die alle mit Namen kennen würde, Jamie… und überhaupt, wer nennt denn einen Affen Sissy?«

»Hey, Leute! Hier spielt die Musik!« Will versuchte gegen die allgemeine Lautstärke anzukämpfen. Als es ihm nicht gelang, nahm er ein Signalhorn, das sie eigentlich bei ihren Demonstrationen verwendeten. Er betätigte es, und ein furchtbarer Lärm erfüllte die Ruine. Er verfehlte seine Wirkung nicht. Alle verstummten.

»Bist du bescheuert? Sollen wir taub werden?«

»Schnauze, Freddy. Also, seh' ich das richtig, dass keiner von euch die Verantwortung für die Befreiungsaktion übernehmen will?«

»Na ja… vielleicht wurde das nicht-menschliche Tier auch einfach gestohlen.«

»Wie auch immer, Theresa. Wir sprechen ab jetzt von einer Befreiungsaktion. *Kommando Affenkaiser*. Wegen der Kaiserin. Aber wir wollen nicht mit der Geschlechterfrage verwirren, deshalb besser Kaiser als Kaiserin. Und kein Wort der Presse gegenüber, dass wir selbst von nichts wissen. Offiziell ist das ein von langer Hand geplanter Akt gewesen, der auf die beschämende Haltung der Kapuzineraffen in der Zoo-Gefangenschaft hinweisen soll.«

Ein Mitglied der Gruppe hatte sich bislang komplett im Hintergrund gehalten. Es war Jacob Kinsman, einer der Gründer der Organisation *Animal Get Your Gun*. Nun räusperte er sich vernehmlich. »Freunde, ich denke, wir haben eine wesentliche Frage noch gar nicht gestellt.«

»Welche?«, fragte Josh.

»Ob wir einen solchen Alleingang tolerieren können. Bisher haben wir immer über alle Aktionen abgestimmt und nur getan, was demokratisch legitimiert war. Bis heute Nacht, als einer von uns meinte, das Gesetz in die eigene Hand nehmen und den wilden Affen spielen zu können. Und ja, das Wortspiel war Absicht.«

Die anderen schwiegen nachdenklich. Jacob hatte Recht. Alle entschieden gemeinsam, die Mehrheit zählte. Das war das wichtigste Prinzip der Gruppe. Das Fundament. Jemand, ein menschliches Tier, hatte dagegen verstoßen. Es mussten Sanktionen eingeleitet werden. Derjenige musste bestraft werden. Aber noch wussten sie nicht einmal, wer es war.

Schließlich ließ auch Jacob Kinsman sich davon überzeugen, die Sache mit dem Affen medienwirksam auszuschlachten. Es wurde abgestimmt und ohne Gegenstimme und mit nur einer Enthaltung beschlossen, dass Will Clayton als Sprecher der Gruppe eine Erklärung für die Presse formulieren, an alle Medien verschicken und anschließend für Rückfragen zur Verfügung stehen würde. Dann wurde die Versammlung aufgelöst. Alle bis auf Will verließen die Ruine, die meisten gingen nach Hause.

Nur eine kleine Gruppe um Cindy Ferrell und Freddy Branson hatte anderes im Sinn. Zusammen mit Sean Glover und Annette Brunton gingen sie direkt ins nächste Pub. Sie bestellten die erste Runde und besprachen ihr weiteres Vorgehen. Bei den vier jungen Leuten handelte es sich um eine Gruppe in der Gruppe. Sie hatten festgestellt, dass sie jeder für sich viel radikalere Vorstellungen vom Schutz der Tierrechte und dem Ende der Institution Zoo hatten als die Hauptorganisation. Und so hatten sie eine inoffizielle Untergruppe gebildet, eine radikale Zelle mit dem Namen *Let The Monkey Kill*. Die hatte es sich zur Aufgabe gemacht, auch abseits der Hauptgruppe aktiv zu werden und ohne Rücksicht für die Rechte und Anliegen der Tiere einzutreten und die Menschen zu bestrafen, die sich an ihnen vergingen. Statt auf Unterscheidungen zwischen menschlichen und nicht-menschlichen Tieren kam es ihnen auf rigorose Aktionen mit maximaler Durchschlagskraft an.

»Einen Affen klauen - wie lächerlich«, sagte Freddy und griff zu seinem Ale.

»Genau«, stimmte Annette Brunton zu. »Wir brauchen effektivere Aktionen. Etwas, das die Leute aufwühlt und ihnen den Atem raubt.«

»Auf die Radikalisierung! Auf uns!« Freddy erhob sein Glas, und die vier prosteten einander zu.

»Stichwort *radikal*«, meinte Cindy. »Sean, wie laufen die Vorbereitungen?«

»Reibungslos. Es ist alles in die Wege geleitet.«

Sean Glover stand auf und ging die paar Schritte zur Dartscheibe. Er nahm sich drei Pfeile und trat hinter die Markierung. Dann warf er die Pfeile auf die Scheibe. Er traf die 5, die 1 und die Triple 20. Er wandte sich wieder den anderen zu und lächelte.

»Die Operation *Menschenfresser* kann beginnen.«

Kapitel 14

Da sie im Affenhaus keine weitere Hilfe sein konnte, nutzte Clara die Gelegenheit, einen Blick auf den restlichen Zoo zu werfen. Sie kannte ihn noch gut aus ihrer Zeit in Broughton, doch in den letzten Jahren hatte sich viel verändert. Sie schaute zuerst nach den Flusspferden, die einen normalen Eindruck auf sie machten. Falls die Tiere um ihren Artgenossen trauerten, merkte sie als Laie es ihnen nicht an. Sie hatte vor längerer Zeit in einer Tierdokumentation erfahren, dass Elefanten Abschied von toten Mitgliedern ihrer Gruppe nahmen. Bei den Flusspferden sah sie aber nichts Vergleichbares. Dafür war das Becken der Außenanlage trotz der frühen Uhrzeit verschmutzt. Ein Hinweisschild informierte die Besucher, dass dies von den Tieren so gewünscht war und nichts mit mangelnder Pflege zu tun hatte.

Es war spannend, die großen Tiere dabei zu beobachten, wie sie sich unter Wasser bewegten. Flusspferde konnten nicht schwimmen und liefen eher durch das Wasser. Außerdem waren sie trotz ihres Namens nicht mit den Pferden verwandt, sondern am nächsten mit den Walen, wie sie einmal gehört hatte.

Nach dem *Attenborough-Haus* durchquerte Clara die verschiedenen Landschaften des Zoos. Das große Afrika-Panorama sowie den Nordamerikateil mit Eisbären und Polarfüchsen. Und Australien mit Emus, Kängurus und

Gürteltieren. Angeblich sollten hier auch Wombats zu finden sein, doch die ließen sich nie blicken.

Während meine Mutter vergeblich nach ihnen Ausschau hielt, hörte sie eine bekannte Stimme in ihrem Rücken. »Tag, Lady Bedfort.«

Clara drehte sich um und erkannte die Frau sofort. »Guten Tag, Miss Bishop. Arbeiten Sie neuerdings in Australien? Ich dachte, Ihr Revier wären die Raubkatzen?«

»Stimmt genau. Ich bin auf dem Weg dahin. Aber ich hab' Sie hier gesehen und wollte *Guten Tag* sagen.«

Eileen Bishop hatte eine größere Rolle in dem Todesfall des alten Zoodirektors gespielt. Sie war sogar einmal mit Philip Hooper liiert gewesen, und später hatte die beiden eine Art Hass-Liebe verbunden. Die Pflegerin hatte Clara damals einiges über den Zoo und die inneren Abläufe erklärt.

»Wie geht es Samson und Delilah? Sind die beiden wohlauf?«

»Ja, putzmunter. Delilah hat kürzlich Nachwuchs bekommen.«

»Wie schön.«

»Wie man's nimmt, Lady Bedfort. Es sind alles Männchen. Und die nimmt uns kein anderer Zoo ab.«

»Und wenn Sie die Tiere behalten?«

»Dann müssen wir sie kastrieren. Sie verlieren ihre Mähne, und ihr Vater nimmt sie nicht als Bedrohung wahr und lässt sie leben.«

»Wie nett von ihm«, meinte Clara mit leichtem Schaudern. Es war ihr nicht neu, dass Tiere ein Verhalten zeigten, das wir Menschen als grausam empfanden. Aber die Vorstellung, dass ein Löwe seine eigenen Kinder angriff, schockierte sie doch. »Eine andere Frage, Miss Bishop: Was denken Sie über die Vorfälle hier im Zoo?«

»Dazu habe ich keine Meinung. Schlimm genug, dass so was passiert. Aber ich halt' mich da raus.«

»Wissen Sie denn, wer mir mehr erzählen könnte?«

Die Pflegerin überlegte kurz. »Tja… haben Sie schon mit Emily gesprochen? Sie war ja als Erste bei Nick, als er… getötet wurde.«

»Nein, noch nicht. Vielen Dank für den Hinweis. Wissen Sie zufällig, wo ich die Dame finde?«

Eileen lachte. »Eine Dame ist Emmy bestimmt nicht. Sie ist eher… derb. Und ich nehme an, sie ist bei sich zu Hause. Nach der Sache mit den Flusspferden hat sie ein paar Tage frei bekommen.«

Lady Bedfort verabschiedete sich von Eileen Bishop und fuhr mit dem Taxi ins Zentrum von Broughton. Emily Redknapp wohnte in der Nähe des Rathauses. Der große Platz vor dem historischen Gebäude erinnerte sie an den Fall mit dem Weihnachts-Erpresser. Damals war der große Tannenbaum auf dem Rathausplatz in die Luft gesprengt worden, um Druck auf Bürgermeister Doman auszuüben. Sie hatte dem Mann helfen und den Täter dingfest machen können. Doman war allerdings seit Jahren nicht mehr im Amt, und den aktuellen Bürgermeister Paul Almond kannte sie nur dem Namen nach.

Auch das Gebäude, in dem sich Emilys Wohnung befand, war ziemlich alt. Ein Fachwerkhaus, das immer wieder restauriert und modernisiert worden war, äußerlich aber noch wie im Spätmittelalter aussah.

In der Wohnung stapelten sich braune Umzugskartons. Nur mit Mühe konnte Miss Redknapp Clara einen Sitzplatz frei räumen.

»Sorry für das Chaos, Mrs. Bedfort«, meinte sie. »Bei mir ist Land unter, sehen Sie ja. Die alten Heizkörper müssen raus und neue Gasthermen kommen rein. Deshalb muss ich meinen ganzen Kram fortschaffen. Morgen kommt der Sprinter, um den ganzen Müll abzuholen und in die Lagerbox zu bringen. Schöne Scheiße.«

Clara schmunzelte. Eileen Bishop hatte nicht übertrieben, Emily Redknapp war wirklich nicht das, was man eine Dame nennen würde.

»Tee hab' ich nicht, aber falls Sie 'n Bier wollen…«

»Im Moment nicht, danke.«

»Auch gut. Was wollen Sie denn?« Emily suchte nach einer zweiten Sitzgelegenheit für sich selbst, gab ihre Suche aber nach kurzer Zeit frustriert auf und lehnte sich stattdessen an die Fensterbank an.

Meine Mutter erklärte ihr in wenigen Worten, was sie bereits herausgefunden hatte und was ihre eigene Rolle in dem Fall war. Dann kam sie zum eigentlichen Anliegen ihres Besuchs. »Wir sind vor allem auf der Suche nach einem Motiv. Haben Sie eine Ahnung, wer es auf Ihren Kollegen Nick Chapman oder auf den Zoo im Allgemeinen abgesehen haben könnte?«

»Nein. Der Zoo ist beliebt. Und die paar Spinner, die 'n Problem mit uns haben, bringen deshalb keinen um. Und Nick… tja… Nick wurde immer mehr Nick.«

»Was heißt das?«, fragte Clara irritiert.

»Na ja… sie kannten ihn nicht, aber… er war 'n Original. Nicht bei allen beliebt, aber er gehörte einfach dazu. Ein Mann fürs Grobe, der immer als Erster mit anpackt, wenn was zu tun ist. Auf den man sich verlassen kann. So einen braucht man im Zoo. Und dafür kann man auch in Kauf nehmen, dass er… nun, etwas eigen ist. Dass er… na ja... Nick ist.«

»Ich verstehe«, meinte Lady Bedfort zögerlich und war sich nicht sicher, ob sie wirklich verstand, wovon Emily Redknapp sprach. »Er hatte also seine Eigenarten?«

»Kann man sagen. Er hat alles auf seine Art gemacht, und wenn das die offizielle Linie vom Zoo war, umso besser. Wenn nicht: Pech gehabt. Ihm war's egal, was die anderen dachten. Aber es hat sich nie einer beklagt. Man hat das akzeptiert, weil er eben…«

»Nick war?«

»Genau, Mrs. Bedfort.«

»Und Sie selbst? Wie war Ihr Verhältnis zu Mister Chapman?«

»Tja… wir waren Kollegen… er hat genervt, aber eigentlich hab' ich ganz gern mit ihm gearbeitet. Er war gut.«

»Und privat?«

Emily schien eine Antwort auf der Zunge zu liegen, doch sie bremste sich selbst aus. Dann dachte sie zum ersten Mal in dem Gespräch länger nach. Schließlich sagte sie, dass sie privat nicht viel mit dem Toten zu tun gehabt habe. Treffen zu zweit habe es keine gegeben, nur hin und wieder seien sich die beiden zufällig in Broughton oder bei Treffen mit anderen Zoomitarbeitern begegnet. Clara ahnte, dass dies nicht die ganze Wahrheit war, beließ es aber fürs Erste dabei.

»Letzte Frage, Miss Redknapp: Können Sie sich irgendeinen Grund vorstellen, weshalb jemand Mister Chapman ermorden wollte?«

»Nein«, sagte Emily, jetzt wieder schnell und entschieden. »Nick war keiner, der sich mit anderen anlegt oder irgendwelchen Quatsch macht. Ein Kauz, aber keiner, der irgendwem im Weg war. Wenn Sie mich fragen, war's doch nur 'n Unfall. Ein Versehen. Materialmüdigkeit, was weiß ich?«

Clara dankte der Frau und verabschiedete sich. Als sie wieder auf dem Rathausplatz stand und die historischen Arkaden betrachtete, fragte sie sich, ob ihr dieses Gespräch irgendwelche neuen Erkenntnisse gebracht hatte. Viel hatte sie nicht erfahren. Und doch war das Treffen auf seine Art aufschlussreich gewesen. Sie beschloss, Emily Redknapp auf jeden Fall mit einem Fragezeichen zu versehen.

Kapitel 15

Es war wirklich beeindruckend, wie fleißig Jill noch immer ihre Youtube-Karriere vorantrieb. Obwohl ihre Klickzahlen weiterhin überschaubar waren, war ihr Enthusiasmus ungebremst, und sie hatte inzwischen eine kleine, aber fleißige Fangruppe, die jedes neue Video ausgiebig kommentierte.

Jills Kanal bestand nach wie vor in erster Linie aus *Let's-play*-Videos, doch sie probierte auch ständig neue Formate aus. Ihr aktuelles Projekt war eine Serie, bei der sie Stanley Eastmans Versuche dokumentierte, eine neue Sprache zu lernen. Er hatte zu Weihnachten einen Italienischkurs geschenkt bekommen und war seither damit beschäftigt, tiefer in diese seiner Meinung nach wunderschöne Sprache einzutauchen. Stanley liebte die Oper und auch die italienische Literatur und wollte sie gern im Original genießen. Und er liebäugelte auch damit, seinen Lebensabend in Italien zu verbringen, ein kleines Häuschen in der Toskana mit Gleichgesinnten - das war es, wovon er immer schon geträumt hatte. Er war im vergangenen Jahr sogar dort gewesen und hatte schon ein Haus ins Auge gefasst. Aber er würde erst dort hinziehen, wenn er die Sprache ausreichend beherrschte.

In dem Video fragte Jill ihn zuvor gelernte Vokabeln ab. Er schlug sich sehr gut, doch sie hatte anderes im Sinn, als seine echten Fortschritte zu dokumentieren. Stattdessen verwendete sie vor allem seine falschen Antworten und spielte die Loser-Fanfare ein. Oder ließ eine Uhr herunterlaufen, wenn er zu lange überlegte. Und sie bearbeitete die Aufnahmen nach, indem sie Eastman mit allerlei Accessoires versah wie einer dunklen Sonnenbrille, einem Strohhut oder einer Gürtelschnalle, auf der *Sugardaddy* stand. Ich bewunderte ihre Kreativität und musste auch wiederholt schmunzeln. Gleichzeitig empfand ich auch Mitleid für den armen Stanley. Aber wahrscheinlich wusste er, worauf er sich eingelassen hatte - er kannte ja ihre anderen Videos.

»Echt klasse, Jill«, sagte ich und zeigte mich deutlich beeindruckt.

»Danke, Max.«

»Und das hast du dir alles selbst beigebracht?«

»Klar. War nicht einfach, aber wenn ich mir was vornehme, schaffe ich das auch.«

»Es ist schade, dass du nicht mehr aus deinen Fähigkeiten machst. Bewirb dich doch bei einer Computerfirma, die nehmen dich bestimmt.«

»Och, nö«, meinte sie. »Ich mach' lieber mein eigenes Ding. Wenn ich irgendwo angestellt bin, kann ich nicht mehr machen, was ich will. Da hab' ich keinen Bock drauf.«

»Aber vielleicht steigst du schnell auf und kannst dann doch tun, was du willst. Wäre doch ein Jammer, wenn dein Talent auf Youtube versauern würde.«

»Versauern? Der Kanal ist toll. Und läuft immer besser.«

»Na, schlechter geht's ja auch nicht«, wollte ich antworten, biss mir aber auf die Zunge. Ich konnte auch sehr diplomatisch sein. »Aber du verdienst noch nicht so viel damit, oder?«

»Stimmt schon. Aber ich darf ja auch erst seit ein paar Wochen Werbung schalten. Dafür läuft's schon ganz gut. Mit ein bisschen Glück krieg' ich im April zum ersten Mal Geld ausgezahlt. Diesen Monat reicht es wohl noch nicht.«

»Und wenn du nebenbei noch woanders arbeitest? Das wäre doch toll.«

»Nee, wär's nicht. Mann, Max, was ist denn los? Hat Clara dich geschickt?«

»Was? Nein, nein«, antwortete ich wenig überzeugend und machte damit klar, dass mich meine Mutter sehr wohl geschickt hatte, um dem Mädchen unverbindlich ins Gewissen zu reden. Sie meinte wohl, dass ich für Jill eine Art Vorbildfunktion hätte und sie zu Anfang sogar ein bisschen in mich verliebt gewesen wäre, was ich mir aber nicht vorstellen konnte. Mitbekommen hatte ich davon nichts. Und jetzt wirkte sie alles andere als in mich verliebt.

»Was soll das denn? Ich hab' ihr gesagt, dass ich zahle, um weiter hier wohnen zu können. Dann hat sie doch ihren Willen! Und ich find's zum Kotzen, dass ihr meinen Kanal nicht ernst nehmt. Das ist kein Hobby, das ist mein Leben. Ich bin Youtuberin.«

»Na ja, ein richtiger Beruf ist das aber nicht…«

Jill verschränkte die Arme vor der Brust und funkelte mich verärgert an. »Na, das sagt der Richtige. Was ist denn dein Beruf, Max?«

»Wie meinst du das? Ich bin Butler.«

»Ja. Ein Butler, der seiner Mum den Haushalt macht und nicht mal die richtige Kleidung trägt. Toll!«

»Na ja… Livree steht mir nicht. Und ich war auch schon Butler, als ich noch nicht wusste, dass Lady Bedfort meine Mutter ist.«

»Aber *sie* wusste es. Bestimmt hat sie dich nur deshalb angestellt.«

»Das stimmt nicht, das… außerdem bin ich nicht nur *ihr* Butler. Du wohnst ja auch hier.«

»Ach ja?« Ihre Augen blitzten schelmisch auf. »Dann musst du also machen, was ich sage?«

»Öh… na ja…« So hatte ich das noch gar nicht gesehen. Das nenne ich mal ein klassisches Eigentor. »Irgendwie schon.« Und schnell fügte ich hinzu: »Im Rahmen der Aufgaben eines Butlers.«

»Dann will ich jetzt was essen. Koch mir Lasagne.«

»Öh… aber…«

»Das war eine dienstliche Anweisung, Max. Ich will Lasagne. Sofort.«

Ich wusste nicht, was ich sagen sollte und verließ grummelnd das Zimmer. Als ich vor der Tür stehen blieb, griff Jill zu ihrem Smartphone. »Max! Heute noch!« Ich schloss die Tür, als ich ihre Stimme hörte.

»Hi, Ed!«, flötete sie ins Telefon. »Na, wie geht's dir, Baby?«

Das ließ mich aufhorchen. Seit wann nannte sie ihre Chatbekanntschaft *Baby*?

»Ich vermisse dich auch. Hier ist alles doof. Ich will bei dir sein.«

Mir gefiel die Richtung nicht, in die das Ganze ging. Und ich fühlte mich mies, weil ich Jill heimlich belauschte. Beunruhigt schloss ich die Tür ganz und ging in die Küche, um das Essen vorzubereiten. Ich wusste nicht, was ich von dem Telefonat halten sollte, mir war nur eines klar: Ich würde darüber mit Clara reden müssen.

Kapitel 16

Bevor die Polizisten den Zoo wieder verließen, hatte Gomery noch gute Nachrichten für Direktor Wise. Dieser war gerade in der Praxis von Doktor Martyn und untersuchte zusammen mit der jungen Tierärztin ein Känguru. Das Tier hatte sich bei einem Sprung am Bein verletzt. Nun lag es betäubt auf dem Tisch.

»Direktor«, begann Gomery. »Die Untersuchungen sind abgeschlossen. Sie können den Zoo morgen wieder für Besucher öffnen.«

»Ein Glück, Inspektor. Länger hätten wir den Park auch nicht schließen können. Wir brauchen die Einnahmen, und die Leute werden unruhig. Selbst die Tiere merken, dass was nicht in Ordnung ist.«

»Die merken das?« Gomery zog skeptisch eine Augenbraue hoch.

»Sicher. Im Zoo beobachten nicht nur die Besucher die Tiere, die Tiere beobachten auch die Besucher. Das hilft gegen die Langeweile.«

»Ach ja? Ich dachte, Sie beschäftigen die Tiere?!«

»Schon. Aber nicht den ganzen Tag, Inspektor. Nur bei der Fütterung oder wenn wir sonst Zeit dafür haben. Aber Besucher sind so gut wie immer da, und die Tiere finden es spannend, wenn sich etwas verändert. Wenn sich jemand vor ihrem Gehege bewegt.«

»Na, wie auch immer«, meinte Gomery, der für einen Moment vergessen hatte, dass ihn das alles gar nicht interessierte. »Sie können morgen jedenfalls wieder aufmachen.«

»Danke. Haben Sie denn noch etwas herausgefunden?«

»Nein. Das geht jetzt alles ins Labor, und dann wissen wir hoffentlich mehr.« Gomery wollte gehen, als ihm noch ein Gedanke kam. »Ach, was ist denn mit dem Känguru?«

»Gute Frage. Katie?«

»Alles in Ordnung. Das Bein ist nur verstaucht, nicht gebrochen. Ich schiene das, und dann sollte der Kleine fürs Erste im Haus bleiben. In ein paar Tagen wird alles gut verheilt sein.«

Nach der Unterredung mit Direktor Wise und Doktor Martyn verließ Gomery für diesen Tag endgültig den Zoo. Er fuhr noch zum Revier in Broughton, um von dort alles Weitere in die Wege zu leiten und Papierkram zu erledigen. Im Gegensatz zu Miller fühlte er sich an diesem Ort sehr wohl. Er war immer gern in Broughton gewesen, und die einzige Komponente, die ihn gestört hatte, war ja irgendwann nach Marbles Cove gezogen. Dass er ihr unfreiwillig gefolgt war, war dann die bittere Pointe gewesen. Doch er haderte nicht mit seinem Schicksal, das hatte er nie getan. Stattdessen genoss er einfach die kurze Zeit in Broughton *ohne* Lady Bedfort.

Nach Feierabend fuhr er zum *Peking Garden*, einem chinesischen Restaurant, in dem er und Miller vor Jahren einen Fall gelöst hatten, natürlich ebenfalls mit Claras Hilfe. Was damals völlig unspektakulär mit ein paar Stäbchen im Reis begonnen hatte, war später in eine vorgetäuschte Entführung ausgeartet. Seit damals bestand der Besitzer des Restaurants - ein Mann namens Wong Fu - darauf, die Inspektoren und Lady Bedfort umsonst bei sich essen zu lassen. Ein großzügiges Angebot, das Gomery von Zeit zu Zeit in Anspruch nahm.

Während er sich die *Erinnerungen an die Seidenstraße* schmecken ließ, betrachtete er nachdenklich die Mao-Porträts an der Wand.

So sehr Gomery den Moment auch genoss, spürte er ebenso, dass etwas fehlte. Oder vielmehr: jemand. Ein Mensch, mit dem er alles in seinem Leben teilen konnte. Das Schöne. Und vor allem den Ärger, der in der Überzahl war. Jemand, bei dem er Dampf ablassen konnte, der ihn verstand und wieder aufbaute. Kurzum: Ihm fehlte eine Frau. Seit seiner kurzfristigen Beziehung mit Karla hatte sich diesbezüglich nichts ergeben. Und auch diese Beziehung war von Anfang an auf einer Lüge aufgebaut gewesen und hatte vor allem dazu gedient ihn auszuspionieren. Seine Ehe war schon über ein Jahrzehnt her, seine Frau vor mehr als fünf Jahren gestorben, und sein Liebesleben nicht existent. Er war bereit für etwas Neues, doch wo sollte er es finden? Wo sollte er *sie* finden?

Er überlegte, ob er eine Kontaktanzeige aufgeben sollte. Oder sich bei einer Agentur im Netz anmelden. Vielleicht sollte er es mit diesem *Speed Dating* probieren, von dem er schon oft gehört hatte. In einem ruhigen Moment winkte er Wong Ping zu sich an den Tisch.

»Ping«, fragte er vorsichtig, »wenn Sie einen neuen Partner suchen, wie stellen Sie das an?«

Die junge Chinesin lachte verlegen. »Inspektor, ich hab' doch meinen Jim. Wir sind glücklich, wir… wollen bald heiraten.«

»Ja ja, aber mal angenommen, es gäbe keinen Jim - was dann?«

Die Kellnerin dachte nach. »Tja, meine Freunde hab' ich meistens hier im Restaurant kennengelernt. Das ist wie eine Kontaktbörse, und als Bedienung stehen Sie immer im Schaufenster.«

»Bedienung am Arsch«, murmelte Gomery unzufrieden.

»Ach, Sie denken an sich selbst, Inspektor? Wie wäre es denn mit einer Ü60-Party? Da gibt es viele rüstige Damen, die sich für Sie interessieren würden.«

»Ü60?«, fragte Gomery und ließ fast die Stäbchen fallen. »Für wie alt halten Sie mich denn?«

»Oder treten Sie einem Verein bei. Machen Sie Sport. Da findet sich immer was.«

»Sport also…« Gomery hatte Sport immer gehasst, was nicht viel hieß, da er die meisten Dinge hasste. »Ich war früher ein passabler Rugbyspieler.«

»Ja, vielleicht wäre etwas mit mehr Frauen besser. Sie suchen doch eine Frau?«

»Ja!«, blaffte er zurück und war selbst von seinem barschen Ton überrascht.

»Wie wäre es mit Badminton, Inspektor? Oder Tischtennis? Oder… spielen Sie Schach?«

»Schach ist kein Sport.«

»Doch. Denksport.«

»Unsinn«, sagte Gomery, und seine Stimme bekam einen belehrenden Unterton. »Zu einer sportlichen Betätigung gehört körperliche Anstrengung. Schach ist aber rein geistig.«

»Soll ich Ihnen jetzt helfen oder nicht?«

»Ja, schon gut, Ping. Sorry. Und danke für den Tipp.«

»Gern, Inspektor. Kann ich sonst noch was für Sie tun?«

»Ja. Bringen Sie mir 'nen Pflaumenschnaps. Ach, am besten gleich die ganze Flasche.«

Wenige Stunden später torkelte Gomery ins Revier von Broughton und schlug sein Nachtlager in der Arrestzelle auf. Er würde erst am Morgen zurück nach Marbles Cove fahren, wenn er wieder nüchtern wäre. Er versuchte im Kopf auszurechnen, wann das der Fall wäre. Dann dachte er über die beste Eröffnung im Schach nach, während er auf der Pritsche saß und vergeblich versuchte, sich die Schuhe auszuziehen. Er hatte gerade den Bauern von e2 auf e4 gesetzt, als er in voller Montur einschlief.

Kapitel 17

Der Weg nach Dartmoor führte uns durch die endlosen Moor- und Hügellandschaften der Grafschaft Devon. Der Anblick war monoton und faszinierend zugleich. Ein Schild am Straßenrand warnte vor Tieren, die die Straße überquerten. Ein Schaf war auf das Schild gemalt, auf dem regelmäßig die Zahl der überfahrenen Tiere aktualisiert wurde. Der Zähler stand bei sechs Tieren.

Während wir weiterfuhren, sahen wir überall auf den Wiesen am Straßenrand Schafe grasen, die Warnung war also berechtigt. Ansonsten wurde die Landschaft von flachen Büschen, Wiesen und kleinen Steinmauern geprägt. Das Moor bei Princetown wurde von dem berühmten Gefängnis von Dartmoor dominiert. Früher waren meilenweit keine anderen Gebäude gewesen - entsprechend einsam und gespenstisch wirkte das Gefängnis, besonders im allgegenwärtigen Nebel. Heute gab es ein kleines Dorf in der Nähe, aber Dartmoor war immer noch unheimlich.

Das Gefängnis tauchte immer wieder in Filmen und Geschichten auf, bei Edgar Wallace oder auch bei Sir Arthur Conan Doyle. So manch entflohener Straftäter machte in diesen Krimis die Gegend unsicher, und auch der *Hund der Baskervilles* trieb in diesem Moor sein Unwesen, bevor Sherlock Holmes den Fall aufklären konnte.

Das charakteristische Eingangstor mit dem berühmten Bogen kannten wir von zahlreichen Fotos. Ich wartete auf dem Parkplatz, während Clara allein mit Mister Schofield reden wollte.

Dartmoor Prison war ein Gefängnis der Kategorie C. Dies bedeutete, dass die ausnahmslos männlichen Insassen in geschlossenem Vollzug gehalten und rund um die Uhr bewacht wurden. Die Einrichtung war im Jahr 1809 eröffnet worden und hatte derzeit 640 Insassen. Anfangs hatte sie als Gefängnis für ausländische Kriegsgefangene gedient. Bekannt war sie auch für den so genannten *Dartmoor Jailbreak*, der jedes Jahr für wohltätige Zwecke veranstaltet wurde. Bei dem Lauf wurde ein Ausbruch aus dem Gefängnis imitiert, und er war ein beliebtes Spektakel für Jung und Alt.

Nach einer Weile hielt ich es im Wagen nicht mehr aus und vertrat mir die Beine. Dartmoor verfügte über ein eigenes Museum, in dem die Geschichte der Anstalt nacherzählt wurde. Außerdem gab es einen Shop, in dem Kunstgegenstände verkauft wurden, die von den Gefangenen selbst angefertigt worden waren. Viele davon standen vor dem Eingang des Museums aufgereiht. Hier gab es verschiedene Tiere, kunstvoll modellierte Stiefel, Blumentöpfe, Teufelsfiguren und Gartenzwerge. Ich kaufte einen kleinen Dachs für unseren Garten in Marbles Cove.

Währenddessen hatte Clara im Besucherraum von Dartmoor auf Frank Schofield gewartet. Nach einer Weile war der ehemalige Tierarzt des Zoos von Broughton dann von zwei Polizisten in den Raum geführt worden. Er nahm ihr gegenüber auf einem einfachen Stuhl Platz. Die beiden waren durch eine Glasscheibe getrennt und griffen nun zu den an der Wand angebrachten Telefonhörern, mit denen sie sich verständigen konnten. Clara wusste, dass ihr Gespräch von den Beamten mit angehört wurde.

»Guten Tag, Lady Bedfort«, begrüßte sie der Mann, der wegen zweifachen Mordes einsaß.

»Hallo, Mister Schofield. Vielen Dank, dass Sie mich empfangen.«

»Nichts zu danken. Das Leben im Gefängnis ist langweilig genug. Da freu' ich mich über jede Abwechslung.«

Clara lächelte nervös. »Wie geht es Ihnen?«

»Ging mir schon besser. Dartmoor ist kein Ponyhof - und wenn Sie mich fragen: Selbst ein Ponyhof ist kein Ponyhof im Sinne der Redewendung. Ich kann's beurteilen, hab' selbst lange genug auf einem gearbeitet. Aber ich schlag' mich durch und komm' irgendwie klar.«

»Das ist schön.« Meine Mutter machte eine kurze Pause, bevor sie zum eigentlichen Grund ihres Besuches kam.

Schofield betrachtete sie neugierig und etwas spöttisch, offenbar ahnte er, was kommen würde.

»Sicher haben Sie gehört, was im Zoo geschehen ist.«

»Klar, Lady Bedfort. Wir leben hier nicht hinterm Mond. Die Nachrichten guck' ich jeden Tag. Aber falls Sie denken, dass ich es war, sind Sie dümmer, als ich gedacht hab'. Ich kann's gar nicht gewesen sein, und ich hab' über 600 Kerle, die das bestätigen können.«

Clara winkte ab. »Keine Sorge, mir ist klar, dass Sie nicht in Broughton waren. Das heißt aber nicht automatisch, dass Sie nicht trotzdem etwas damit zu tun haben könnten. Sie wären nicht der Erste, der seine Rache aus dem Gefängnis heraus organisiert.«

»Und warum sollte ich mich rächen? Und vor allem: an wem? Im Zoo hat mir keiner was getan. Die Einzige, auf die ich's abgesehen haben könnte, wären Sie, Mylady.« Schofield lehnte sich weit in seinem Sitz zurück. Dann rief er laut in Richtung eines der Polizisten: »Ruhig bleiben, Pearson. Das war keine Drohung, klar?« Er beugte sich wieder vor. »Es war wirklich keine Drohung, Lady Bedfort. Sie haben mir meinen kleinen Aufenthalt auf Staatskosten eingebrockt, aber ich hab's auch nicht besser verdient. Hat mich ja keiner gezwungen, Hooper und den Jungen umzubringen. Das war falsch. Völlig übertrieben für meinen kleinen Tierhandel.«

»Das ist interessant, dass Sie das so sehen.« Clara studierte ihr Gegenüber genau. Sie versuchte herauszufinden, ob Schofield wirklich so mit sich und seiner Situation im Reinen war oder ihr eine Komödie vorspielte.

»Ich hatte einige Jahre Zeit, um drüber nachzudenken, Lady. Und ich bin jetzt clean. Damals war ich nicht ich selbst. Und zwar nicht, weil ich keinen Schokoriegel gegessen hatte. Ich hatte eher zu viel intus, wenn Sie verstehen, was ich meine.«

»Ich verstehe. Es ist schön, dass Sie die Zeit hinter Gittern für Ihren Entzug genutzt haben. Dann lassen Sie mich Ihnen eine andere Frage stellen.«

»Bitte.«

»Kannten Sie Mister Chapman gut?«

»Nick? Klar, der war ja schon immer im Zoo. War 'n feiner Kerl, einer mit dem man Pferde stehlen konnte. Also, sagt man doch so, er hat mir nie bei meinem Geschäft geholfen.«

Clara machte sich einige Notizen auf ihrem Block. Es half, die Dinge sorgfältig aufzuschreiben, um stets den Überblick behalten und neue Zusammenhänge herstellen zu können. »Und haben Sie eine Idee, wer womöglich weniger gut mit ihm ausgekommen sein könnte, Mister Schofield?«

»Sie meinen außer Emily?«

»Äh, nein, wieso? Was ist mit Emily?« Sie notierte den Namen *Emily Redknapp* auf ihrem Block und unterstrich ihn doppelt.

»Das wissen Sie noch nicht? Ich dachte, Sie sind so fix im Kopf. Nick und Emily waren doch mal zusammen. Bis sie genug von ihm hatte. Das wollte er nicht wahrhaben und hat sie nicht in Ruhe gelassen. Hat sie immer wieder verfolgt und belästigt. Sie wollte sogar den Zoo wechseln damals.«

»Ach, das ist interessant. Aber wenn sie sich von Chapman belästigt fühlte, wieso arbeiteten die beiden dann im selben Revier?«

»Das taten sie?« Schofield schien ernsthaft verwundert zu sein. »Na, vielleicht hat sie ihre Meinung inzwischen geändert, was weiß ich? So nah bin ich nun auch nicht mehr am Zoo dran.«

Kurze Zeit später endete die Besuchszeit, und Clara verabschiedete sich von Frank Schofield. Sie hatte eine neue Spur, so viel war sicher. Gleichzeitig wusste sie nicht, ob sie dem Mann trauen konnte. Der Tierarzt war ein verurteilter Mörder. Aber warum sollte er lügen? Oder war er doch selbst in die Geschichte verwickelt? Sie beschloss, ihn nicht zu früh als Verdächtigen auszuschließen und weiter intensiv im Auge zu behalten.

Kapitel 18

Gomery hatte über eine Viertelstunde vor dem Haus warten müssen, bevor Miller endlich zu ihm stieß. »Sorry, John, aber ich bin aufgehalten worden.«

»Aha.«

»Ich war noch im *Fishing Tackle*, wo ich früher immer meinen Anglerbedarf gekauft hab'. Ich wollte bloß eine neue Rute kaufen. Und dann hat mir der Besitzer so lange von neuen Fangmethoden und Ködern vorgeschwärmt, dass ich ganz die Zeit vergessen hab'.«

»Du willst wieder angeln?«

»Genau. Das hab' ich früher ständig gemacht, bin dann aber kaum noch dazu gekommen. Aber jetzt muss ich mal ans Wasser, das spüre ich. Ich muss endlich wieder Fisch schmecken. Selbst gefangenen.«

»Soso«, meinte Gomery und entschied, dass er damit genug Interesse geheuchelt hatte. »Und hast du zufällig auch die Nachschlüssel besorgt?«

»Zufällig ja.« Miller holte die Schlüssel aus seiner Jacke und schloss die Eingangstür des Mietshauses auf.

Nick Chapman wohnte in einem etwas heruntergekommenen Teil von Camborne. Seine Wohnung lag in der dritten Etage. An seiner Tür hing ein Schild mit dem Aufdruck *Caution - Cassowary Crossing*. Es war ein Verkehrsschild, das er von einer Australienreise mitgebracht hatte und das die Leute vor frei laufenden Kasuaren gewarnt hatte. Die Laufvögel mit der scharfen Kralle hatten schon so manchen Menschen verletzt, der ihnen zu nahe gekommen war. Vielleicht hielt sich Chapman selbst für einen gefährlichen Vogel, dachte Miller und schloss die Wohnung auf. Gomerys Gedanken gingen in eine andere Richtung, und es kamen die Begriffe *Kasuar* und *am Arsch* darin vor.

In der Wohnung roch es nach Räucherstäbchen und Zwiebeln. Chapmans Bett war nicht gemacht, und die Spülmaschine war nicht ausgeräumt worden. Ansonsten war zunächst nichts Auffälliges zu entdecken. Auf dem Fliesentisch im Wohnzimmer lag ein Los von der Zoolotterie. Chapman hatte es noch nicht freigerubbelt. Miller konnte der Versuchung nicht widerstehen. Frohgelaunt machte er sich ans Werk und sah nach, was er gewonnen hatte. Es war eine Niete.

Die Inspektoren sahen sich akribisch in der gesamten Wohnung um. In einem Fotoalbum fanden sie gemeinsame Aufnahmen von Chapman und seiner Kollegin Emily Redknapp. Sie zeigten die beiden im Zoo, in der Stadt und im Urlaub, teilweise eng umschlungen. Das passte zu dem, was Lady Bedfort herausgefunden hatte. Die beiden waren offenbar wirklich ein Paar gewesen. Auch auf dem Rechner des Toten fanden sich Fotos und Videos, die die beiden vertraut zeigten. Allerdings nichts, das über Küssen und Händchenhalten hinausging. Falls die beiden auch intime Aufnahmen gemacht haben sollten, waren sie inzwischen gelöscht oder anderswo versteckt worden. Stattdessen fand Gomery einen Ordner mit Bildern, die mit Photoshop bearbeitet waren. Jemand hatte Emily auf den Fotos nachbearbeitet. Mal hatte sie Teufelshörner auf dem Kopf, dann war ihr ganzes Gesicht zu einer irren Fratze verzerrt. Auch steckten Messer in ihrem Körper oder sie blutete aus offenen Wunden. Wenn sich Emily wirklich von Chapman getrennt hatte, dann hatte er das nicht besonders gut verkraftet - und dies war seine Art damit umzugehen.

»Oh, das ist interessant«, meinte Gomery und öffnete einen weiteren Ordner. Er zeigte neuere Aufnahmen von Miss Redknapp. Sie schienen ohne ihr Wissen aufgenommen worden zu sein und zeigten sie in vermeintlich unbeobachteten Momenten im Zoo, vor ihrem Haus oder unterwegs mit anderen.

»Sicher hat er die heimlich aufgenommen«, sagte Miller. »Der war wohl wirklich besessen von der Frau.«

»Na, da hätten wir doch ein Motiv. Unerfüllte Liebe und Stalking. Redknapp findet es raus, fühlt sich belästigt und beschließt, ihren Ex endgültig loszuwerden. Also nutzt sie die Gelegenheit im Flusspferdhaus. Leuchtet ein?«

»Leuchtet ein, John. Klingt aber auch reichlich konstruiert. Hätte sie nicht einfach den Zoo wechseln können, wie sie angeblich schon mal vorgehabt hatte? Oder die Gegend? Oder rechtliche Schritte gegen ihn einleiten?«

»Hat sie ja vielleicht.« Gomery zuckte mit den Schultern. »Das werden wir schon noch herausfinden.«

»Na, gut. Es ist eine Spur, das sehe ich ein. Komisch nur, dass uns keiner im Zoo was davon erzählt hat.«

»Findest du, Sam? Die können uns doch sowieso nicht riechen.« Seine Miene verfinsterte sich. »Ich sage es nur ungern, aber: Am besten sollte *sie* sich in der Angelegenheit mal umhören. Vielleicht erfährt sie mehr. Weniger geht ja auch nicht.«

Miller glaubte für einen Moment, dass er sich verhört hatte. Gomery tolerierte nicht nur Lady Bedforts Mitwirken, er brachte es sogar selbst ins Spiel. Was waren das für Zeiten? Er wurde beinahe wehmütig und erinnerte sich fast seufzend an die zahlreichen Momente, an denen er noch zwischen den beiden vermitteln und kämpfen musste.

Während er seinen Gedanken nachhing, ging Gomery weiter die Inhalte von Chapmans Rechner durch. Er stieß auf einen als ZIP-Datei verpackten Ordner, der zusätzlich mit einem Passwort gesichert war. Es war anzunehmen, dass der Inhalt für den Tierpfleger eine besondere Bedeutung hatte. Nur was war das Passwort?

»Vielleicht *Emily*«, meinte Miller. Gomery probierte es aus. Ohne Erfolg. *Redknapp* und diverse Koseformen brachten sie ebenfalls nicht weiter. Als nächstes probierten sie verschiedene Tierarten aus, vor allem australische, für die Chapman eine besondere Vorliebe gehabt zu haben schien. Auch so kamen sie nicht weiter. Sie suchten nach Hinweisen in der Wohnung und probierten immer neue Wörter aus. Vergeblich. Schließlich gab Gomery ohne große Überzeugung einen weiteren Namen ein. Er konnte es selbst kaum glauben: Der verschlüsselte Ordner wurde entpackt, und er konnte die Dateien öffnen.

»Was hast du eingetippt?«, fragte Miller verblüfft.

»Roger.«

»Wie Roger?«

»Na, den Namen von dem Flusspferd, das ihn getötet hat. Ganz schön makaber, wenn du mich fragst.«

»Ja«, meinte Miller nachdenklich. »Makaber oder ein Zeichen…«

»Für Fußpilz, oder was?«, fragte Gomery abwesend und studierte die Dateien. Es waren Dokumente, die in Zusammenhang mit der Tierrechtegruppe *Animal Get Your Gun* standen. Berichte, Kontaktdaten. Dazu kamen vertrauliche Informationen aus dem Zoo, Tagebucheinträge über fragwürdige Vorgänge hinter den Kulissen und Fotos von Orten, die den Besuchern bewusst vorenthalten wurden. Sie zeigten ein trauriges Bild von den Bedingungen, unter denen die Tiere im Zoo gehalten wurden.

»Es ist nicht zu fassen«, meinte Miller. »Anscheinend hat der im Zoo ein doppeltes Spiel getrieben. Der hat heimlich für die Tierschützer recherchiert.«

»Oh ja. Und einiges gefunden. Wenn die Öffentlichkeit davon erfährt, wird das für den Zoo eine Katastrophe sein.«

»Eine Katastrophe, die gewisse Leute bestimmt verhindern wollten, John. Fragt sich nur, ob sie davon wussten. Und wie weit sie gegangen sind, damit niemand was davon erfährt…«

Kapitel 19

Nachmittags fuhr ich wieder in die Klinik. Kali und ich gingen im Park spazieren, und sie schob den Kinderwagen mit den beiden Zwillingen. Es war ein großartiger Anblick, und sie lächelte über das ganze Gesicht. Ich lächelte weniger, weil Joe Wheeler wieder um sie herumscharwenzelte. Der Kerl war wirklich aufdringlich, und Kali und ich warfen uns immer wieder vielsagende Blicke zu. Trotzdem blieb sie ihm gegenüber freundlich, was wohl auch sinnvoll war, da sie noch einige Zeit mit ihm in der Anstalt verbringen musste.

Abends fuhr ich nach Hause, wärmte die Reste vom Mittagessen auf und öffnete Clara und mir einen guten Wein. Nach dem Essen spielten wir noch eine Runde Monopoly. Das hatte sich mittlerweile zu einer kleinen Tradition entwickelt, auch wenn wir immer wieder an Weihnachten denken mussten, als Thomas Portman noch unter uns weilte und mit uns spielte. Damals lief das Spiel erfreulich gut für mich, heute hatte ich keine Chance. Meine Mutter hatte schon nach kurzer Zeit alle Bahnhöfe in ihrem Besitz, und ich war gezwungen, immer neue Hypotheken aufzunehmen. So dauerte es nicht lang, bis ich die Miete nicht mehr zahlen konnte und bankrott war. Auf den Schreck genehmigte ich mir einen Scotch. Ich trank eigentlich nur in Ausnahmefällen Alkohol, aber in diesem Fall hatte ich etwas Trost aus der Flasche nötig.

Wir sprachen lange über Kali und die Fortschritte, die sie machte. Wenn ihre Genesung weiterhin so gut wie bisher verlaufen würde, könnte sie vielleicht noch vor dem Sommer wieder bei uns sein. Und im Laufe des Jahres sogar ihre Arbeit im Polizeirevier wieder aufnehmen. Clara machte mir Mut und versicherte mir noch einmal, dass sie sich auch weiterhin gern um die Zwillinge kümmern würde. Albert und Lily schliefen natürlich längst.

Kurz thematisierten wir auch den Fall, kamen allerdings zu keinen neuen Erkenntnissen. Noch immer konnten wir nicht sagen, ob Nick Chapman einem Unfall zum Opfer gefallen oder bewusst in tödliche Gefahr gebracht worden war. Allerdings sprachen die bisherigen Erkenntnisse eher für einen Mordanschlag. Emily Redknapp hatte ein Motiv, und auch der Zoo und die Menschen in den höheren Positionen hatten einen Grund, um den Mitarbeiter loswerden zu wollen, wenn sie von seinen heimlichen Recherchen erfahren hatten. Auch die Gruppe selbst war längst nicht aus dem Schneider. Neben der immer noch im Raum stehenden Möglichkeit, dass das Öffnen des Schiebers eine Aktion gewesen war, um auf einen Missstand im Zoo hinzuweisen, konnte es auch sein, dass es zum Streit zwischen Chapman und der Gruppe gekommen war. Wir beschlossen, diese so bald wie möglich genauer unter die Lupe zu nehmen.

Bevor wir ins Bett gingen, musste ich Clara allerdings noch auf ein unangenehmes Thema ansprechen: Jill. Oder vielmehr auf das Telefonat, das ich mit angehört hatte. Sie und Big Ed waren ein Paar, darauf deutete einiges hin. Und das gefiel uns ganz und gar nicht, denn wir hatten schon länger das Gefühl gehabt, dass der ominöse Typ, den sie in einem Chat kennengelernt hatte, kein guter Einfluss war. Anfangs hatten die beiden nächtelang Computerspiele im Internet gespielt, inzwischen hatten sie sich mehrfach getroffen - aber nie bei uns zu Hause. Jill hatte zwischenzeitlich mit dem Rauchen von Haschisch angefangen, und wir vermuteten, dass Big Ed auch damit etwas zu tun hatte.

»Dieser Kerl macht mich ziemlich nervös«, meinte Clara. »Der ist so eng mit dem Mädchen, und wir wissen rein gar nichts von ihm.«

»Stimmt«, pflichtete ich ihr bei. »Nur, dass er Computerspiele mag und mit jungen Frauen chattet, obwohl er selbst anscheinend viel älter ist.«

»Und erinnerst du dich noch an den einen Abend, Max? Als Jill mit blutverschmiertem Shirt nach Hause kam?! Sie sagte, dass es nicht ihr Blut war, aber sie hat nie gesagt, wem es dann gehörte.« Sie seufzte. »Bestimmt hat es ebenfalls mit diesem Ed zu tun. Oder wie auch immer er wirklich heißt.«

Ich schluckte. »Weißt du, Clara, genau darüber habe ich mir Gedanken gemacht… also, wie er wirklich heißt. Und ich fürchte, wir kennen die Antwort.«

»Was? Wieso?«, fragte meine Mutter, doch ihr besorgtes Gesicht verriet mir, dass sie in die gleiche Richtung dachte.

»Wir haben einen älteren Kerl, der keine Skrupel kennt und aus irgendeinem Grund anonym bleiben will. Uns gegenüber zumindest. Er scheint ein komischer Kauz zu sein und vor Gewalt und Drogen nicht zurückzuschrecken. Und genau an dem Tag, an dem wir herausfinden, dass er mit Jill zusammen ist, kommt das Mädchen aus einem ganz bestimmten Haus.«

»Dem von Allistair. Also, meinem. Aber… Max… du glaubst wirklich, dass Big Ed in Wahrheit Allistair May ist?«

»Ja, das glaube ich. Es passt alles zusammen. Und der Gedanke macht mir ehrlich gesagt Angst…«

Kapitel 20

Als der Zoo am nächsten Morgen endlich wieder geöffnet wurde, standen die Besucher bereits Schlange. Dabei war es vor allem die Sensationslust der Bürger Broughtons, die sie schon zu früher Stunde in den Park trieb. Jeder wollte aus der Nähe sehen, wo der Pfleger zu Tode gekommen war. Konnte man noch Spuren der Tat sehen? Welchen Eindruck machten die anderen Tiere? Wie gingen die Zoomitarbeiter mit alldem um? Das alles waren spannende Fragen.

Clara und ich hatten uns ebenfalls wieder auf den Weg nach Broughton gemacht. Es war ein schöner Anblick, den Zoo so belebt zu sehen, und die meisten Besucher merkten schnell, dass ihre Gier nach Blut nicht befriedigt wurde und ließen einfach nur die angenehme Atmosphäre auf sich wirken und beobachteten die Tiere.

»Ein herrlicher Morgen, nicht wahr, Lady Bedfort?«, meinte Direktor Wise.

»Oh ja. Aber finden Sie es nicht schrecklich, wie sich die Leute auf den Tatort stürzen? Wie die Hyänen.«

Wise lachte. »Das ist zoologisch nicht ganz korrekt. Hyänen stürzen sich nicht auf ihre Beute, jedenfalls nicht alle Arten. Schabrackenhyänen sind beispielsweise Aasfresser. Die warten ab, bis sie auf ein verendetes Tier stoßen. Oder sie fressen die Reste der Beute anderer Raubtiere.«

»Ich sehe schon«, sagte Clara. »Bei einem Zoologen muss man aufpassen, welches Bild aus dem Tierreich man verwendet.«

»Korrekt.« Der Direktor schmunzelte. »Aber ich habe verstanden, was Sie meinen. Ich finde diesen Wunsch nach Spektakel auch nicht schön. Allerdings kann ich das gut ausblenden, wenn ich an unsere Einnahmen denke. Viele Besucher bedeuten vor allem viel Geld. Und das kommt am Ende den Tieren zu Gute.«

»Was auch nötig ist, wie manche behaupten…«

»Ist das so, Lady Bedfort?« Der Mann verschränkte die Arme vor der Brust. »Ja, diese Vorwürfe gibt es immer wieder. Dass es den Tieren bei uns nicht gut geht; zu wenig Platz, schlechtes Futter, was nicht noch alles. Lauter Räuberpistolen, deren Wahrheitsgehalt unter Null liegt.«

»Wie es scheint, sah Mister Chapman das etwas anders«, warf ich vorsichtig ein.

»Das habe ich gehört. Und es ist ein schwerer Schlag, das können Sie mir glauben. Nick wusste es nun wirklich besser. Keine Ahnung, was in ihn gefahren ist. Wenn die Dokumente denn tatsächlich von ihm stammen und nicht auf seinem Rechner versteckt wurden.« Er schüttelte den Kopf. »Mein Gott, jetzt klinge ich schon wie ein Verschwörungstheoretiker. Ganz schön paranoid, was?«

»Ein bisschen«, meinte ich diplomatisch.

»Seien Sie bitte schonungslos, Mister Bedfort, ein bisschen *sehr*! Wissen Sie was? Ich mache mit Ihnen eine kleine Führung. Mit einem besonderen Blick hinter die Kulissen. Ich führe Sie, wohin Sie wollen. Zu allen Innenanlagen und ach-so-kleinen Käfigen. Dann werden Sie schon sehen, dass wir nichts zu verbergen haben. Na, wie klingt das in Ihren Ohren?«

»Es klingt überzeugend und selbstbewusst«, sagte Clara. »Das Angebot nehmen wir gerne an.«

»Klasse. Dann kommen Sie doch heute Mittag um eins zum Verwaltungsgebäude. Dann habe ich Mittagspause. Und bis dahin bin ich auch fürs Erste fertig.«

»Womit?«

»Mit dem Geld zählen!« Wise entfernte sich lachend. »Bis später.«

»Was hältst du davon?«, fragte ich meine Mutter, als der Direktor außer Hörweite war.

»Ich bin mir nicht sicher, Max. Er wirkt sehr von sich überzeugt. Entweder hat er wirklich nichts zu verbergen oder er überschätzt sich maßlos. Vielleicht hält er sich für so raffiniert, dass er glaubt, uns trotz aller offensichtlichen Missstände etwas vormachen zu können. Und sein Kartenhaus fällt in sich zusammen, wenn wir einmal kräftig pusten. Nun, wir werden es heute Mittag sehen.«

»Und pusten?«

»Und pusten.«

Bis ein Uhr war noch eine Menge Zeit, und so beschlossen wir, uns noch einmal im Zoo umzusehen. Als Besucher, aber mit einem wachen Auge, ob uns etwas Verdächtiges begegnen würde. Wir kamen nur langsam voran, da ich den Kinderwagen mit Albert und Lily schob. Die beiden waren natürlich noch zu klein, um etwas von dem Zoo mitzubekommen, doch ich freute mich schon, wenn sie größer wären und ich ihnen all die Tiere zeigen könnte.

Während wir durch den Nordamerikateil gingen, wurde Clara immer nachdenklicher. Sie grübelte über etwas nach, und ich hatte so eine Ahnung, welches Thema sie nach wie vor beschäftigte.

Bei den Eisbären hielten wir an. Ich setzte mich auf eine Bank und gab Lily ihre Milch zu trinken, da sie aufgewacht war und zu schreien begonnen hatte. Sie nuckelte gierig an der Flasche und beruhigte sich wieder. Das ging bei kleinen Kindern ja ganz schnell. Clara lief währenddessen aufgeregt vor dem Bärengehege auf und ab. Dann blieb sie vor der Bank stehen.

»Max, ich hab's.«

»Was hast du?«

»Die Lösung für unser kleines Problem. Ich meine die Sache mit Jill und Allistair. Das Wichtigste ist, dass wir…«, begann sie, doch es fiel mir schwer, mich auf ihre Worte zu konzentrieren. Ich hatte nämlich etwas gesehen, das mir ganz und gar nicht gefiel. Einer der Eisbären machte sich am Außengitter der Anlage zu schaffen.

»Max, hörst du mir eigentlich zu?«, fragte Clara, die meine geistige Abwesenheit bemerkt hatte. Ich sagte ihr, was ich beobachtet hatte.

»Aber da kann doch eigentlich nichts passieren. Solche Gehege haben immer einen elektrischen Zaun. Der Bär bekommt einen Schlag, wenn er an den drankommt.«

Sie hatte Recht. Und doch beruhigte mich diese Erkenntnis ganz und gar nicht. Zu meinem großen Schrecken sah ich nämlich, dass sich der elektrische Draht *hinter* dem Eisbären befand. Es war ihm irgendwie gelungen, ihn zu überwinden. Meine Mutter bemerkte es nun ebenfalls.

»Max, das sieht nicht gut aus. Wir müssen einen Pfleger verständigen. Hast du dein Mobiltelefon dabei?«

»Klar, aber wen soll ich anrufen?«

»Sieh auf der Homepage nach. Es muss doch irgendeine Nummer für solche Fälle geben.«

Während ich nachsah, versuchte der Bär weiterhin, aus seinem Gehege zu entkommen. Noch immer bearbeitete er das Gitter. Wir konnten nur hoffen, dass es robust genug war, um ihm lange genug Widerstand zu leisten, bis Hilfe kam.

Endlich hatte ich eine Nummer gefunden. Ich gab die Zahlen auf dem Tastenfeld ein und wartete auf das Freizeichen.

In diesem Moment gab das Gitter nach. Der Eisbär hatte es eingeknickt und zwei der Pfähle aus dem Boden gerissen. Nun hielt ihn nichts mehr zurück. Mit wenigen schnellen Schritten hatte er sich seinen Weg ins Freie gebahnt. Zum Glück waren wir die Einzigen in diesem Bereich. Aber das hatte auch einen gewaltigen Nachteil: Wir waren die Einzigen in diesem Bereich!

Das Tier wirkte verwirrt und orientierungslos. In dieser Verfassung war es zu allem fähig. Der Bär rannte, so schnell er konnte, den Weg entlang - direkt auf uns zu!

Mehr von Lady Bedfort

Jeden Monat ein neuer Roman von LADY BEDFORT.